Como ela sabe o que eu penso?

Como ela sabe o que eu penso?

J.C. Virgínio

TALENTOS DA LITERATURA BRASILEIRA

São Paulo, 2016

Como ela sabe o que eu penso?
Copyright © 2016 by Jean Carlos Virgínio de Sá
Copyright © 2016 by Novo Século Editora Ltda.

GERENTE EDITORIAL Lindsay Gois	GERENTE DE AQUISIÇÕES Renata de Mello do Vale
EDITORIAL João Paulo Putini Nair Ferraz Rebeca Lacerda Vitor Donofrio	ASSISTENTE DE AQUISIÇÕES Acácio Alves AUXILIAR DE PRODUÇÃO Emilly Reis
PREPARAÇÃO Lótus Traduções	REVISÃO Daniela Georgeto
DIAGRAMAÇÃO E MONTAGEM DE CAPA Vitor Donofrio	ILUSTRAÇÃO DE CAPA J.C. Virgínio

Texto de acordo com as normas do Novo Acordo Ortográfico da Língua Portuguesa (1990), em vigor desde 1º de janeiro de 2009.

Dados Internacionais de Catalogação na Publicação (CIP)
(Câmara Brasileira do Livro, SP, Brasil)

Virgínio, J. C.
Como ela sabe o que eu penso?
J. C. Virgínio
Barueri, SP: Novo Século Editora, 2016.

(Coleção talentos da literatura brasileira)

1. Ficção brasileira I. Título. II. Série.

16-00126   CDD-869.3

Índice para catálogo sistemático:
1. Ficção: Literatura brasileira   869.3

NOVO SÉCULO EDITORA LTDA.
Alameda Araguaia, 2190 – Bloco A – 11º andar – Conjunto 1111
CEP 06455-000 – Alphaville Industrial, Barueri – SP – Brasil
Tel.: (11) 3699-7107 | Fax: (11) 3699-7323
www.novoseculo.com.br | atendimento@novoseculo.com.br

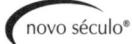

Sou grato primeiramente a Deus pelo fôlego de vida... Agradeço à Vanessa Cardoso, minha querida esposa e amiga, que foi muito paciente ao me ouvir falar não apenas sobre esta história, mas também sobre todas as outras que venho criando ao longo dos anos. Sou muito grato também ao meu grande amigo Thiago Ramos, que me ajudou fortemente; sem sua ajuda, esta obra não seria possível. Agradeço a minha grande amiga Antônia Leonara por seu grande incentivo, ao Renan Villar, que me ajudou com a ilustração de capa, e a minha aluna e amiga Iasmim, que não apenas leu mas também acompanhou esta história desde seu início com muito entusiasmo e expectativa. É claro que não posso me esquecer dos conselhos do meu amigo William Robert, bem como do meu amigo e sócio Leonardo Fonseca e dos grandes exemplos de esforço do meu amigo e escritor Jeferson Corrêa e de minha ex-aluna e escritora Amanda Borges. Também sou muito grato a todos os meus amigos e alunos que tiveram a paciência de ler meu livro e dar seus *feedbacks*. Claro que não posso esquecer de agradecer a toda a equipe da Editora Novo Século, pela oportunidade, carinho e atenção que me deram e pelo fantástico trabalho que fizeram com muito profissionalismo.

E tudo tem um começo

Park Shopping, praça de alimentação

Anne e suas amigas estão comemorando o fim do curso na faculdade de Arquitetura. Em meio à conversa, Anne tem sua atenção atraída por um grupo de rapazes – que estão rindo e conversando alto demais em tom de comemoração. Dentre eles, um rapaz moreno claro de cabelo curto com topete chama a atenção de Anne. Ela o reconhece, pois já tinha esbarrado com ele há cinco anos.

Anne não pôde esquecê-lo porque, desde aquele dia, ela regularmente sonha com ele e tem a esperança de um dia encontrá-lo novamente. Uma de suas amigas, Camilla, chama sua atenção ao ver que ela está olhando fixamente para o grupo de rapazes e brinca com ela por causa disso. Anne, um pouco nervosa, diz:

– Aquele é o rapaz de cinco anos atrás!
– Sério? Tem certeza? – pergunta a amiga incrédula.
– Tenho! – Anne insiste. – Eu jamais me confundiria.

Camilla a incentiva a ir falar com ele, mas Anne fica receosa. Thati, sua outra amiga, insiste para que ela vá até ele, pois a oportunidade poderia passar. Thati diz:

– Eu vou com você... Mas se você não for, eu mesma falarei com ele.

Anne cria coragem e se levanta para falar com o rapaz, porém, caminha em direção ao banheiro, enganando suas amigas. Nesse instante, ele também se levanta para ir ao banheiro.

– Nem é tão bonito assim, a ponto de ficar tanto tempo pensando nele – comenta seu amigo, Yago, em tom de desprezo.

– É por isso que tem muita gente infeliz por aí, pois só querem príncipes e princesas – retruca Camilla.

Dentro do banheiro, Anne demora como qualquer mulher, pois está se "ajeitando". Ao sair de lá, percebe que Thati está lhe esperando no corredor. Com um tom de cobrança, a amiga pergunta-lhe:

– Pensa que é esperta, né?

– Mas é que... – sem graça, Anne tenta se explicar.

– É... nada! Vou mostrar que sou mais esperta que você! – diz Thati.

Thati empurra Anne em cima do rapaz, que havia saído do banheiro e caminhava distraído pelo corredor. Ele, em reflexo, agarra Anne, impedindo-a de cair no chão. Ela fica sem graça, e o rapaz encantado, sem soltá-la, pergunta:

– Está tudo bem? Se machucou?

– Está tudo bem, sim. Obrigada. Já pode me soltar – responde Anne, sem graça.

– Ah... Desculpe – diz o rapaz, enquanto solta Anne bem devagar.

Enquanto pessoas transitavam pelos corredores do shopping, o rapaz pergunta:

– O que houve?

– O que houve o quê? – retruca Anne, disfarçadamente.
– É... Você caiu em cima de mim, do nada – indaga o rapaz.
Anne tenta se explicar, olhando para trás:
– É que... minha amiga... me empurrou.
Nesse instante, rapidamente o rapaz pergunta:
– Não é imaginária, é?
E Anne percebe que sua amiga não está mais lá. Ela fica ainda mais sem graça com a ironia do rapaz e se retira, dando-lhe as costas. Ele segue Anne e, quando a alcança, toca em seu ombro, pedindo-lhe desculpas, o que a faz se virar.
– Desculpe-me pela brincadeira – diz o rapaz.
– Nada... Tudo bem...
O rapaz estica a mão para cumprimentá-la e diz:
– Prazer. Meu nome é Eduardo.
– Anne.
Ela estende a mão para cumprimentá-lo. Os dois apertam as mãos, porém, ao se tocarem, Eduardo leva um baita choque. Ele solta a mão de Anne rapidamente. Eduardo, enquanto murmura de dor, tem um rápido flashback de uma situação semelhante que lhe aconteceu há mais ou menos cinco anos.

••••

Ao se esbarrarem em um shopping, os dois acabam caindo. Prontamente, Eduardo estende sua mão para ajudar Anne – com o pensamento de que ela é linda –, perguntando se ela está bem. Ele estende sua mão direita, e Anne

a segura, levantando-se. No entanto, ao tocá-la, Eduardo sofre um "choque" e solta a mão da menina rapidamente, em reação à dor. Anne consegue ouvir dentro de sua cabeça, sem qualquer som passar por seus ouvidos: *Que linda! Eu me casaria com ela hoje mesmo se ela aceitasse*, mas a única palavra que ela ouviu e o viu dizer, que de fato passou por seus ouvidos, foi "Cacete!", em reação à dor que ele sentiu. Os dois se olham por um instante e ficam sem entender o que aconteceu. Logo, as amigas de Anne chegam para ver como ela está. Ao se chocarem, Eduardo acabou derrubando a pizza que carregava em cima de Anne. As amigas perguntam se ela está bem; ela diz que sim, que só está um pouco tonta. Eduardo, ao ver que Anne está bem, pede-lhe desculpas novamente e se retira. Enquanto Anne é amparada por suas amigas, olha para trás na tentativa de encontrá-lo, mas não vê mais o rapaz.

· · · ·

Anne, depois de todos esses anos de angústia, sana suas dúvidas e finalmente confirma que pode ouvir os pensamentos de Eduardo.

Eduardo, pasmo, pergunta se ela é a mesma garota "daquele dia". Anne, avermelhada e assustada pelo ocorrido, diz que sim, ainda um pouco tímida e envergonhada por ter ouvido a mente de Eduardo, que a chama de linda e gostosa.

Eduardo indaga o porquê de levar um choque sempre que suas mãos se tocam.

Anne, com dúvida, diz:

– Não sei.

Aproveitando-se da situação, Eduardo diz que podem resolver isso, se ela lhe der o número de seu celular.

– Tá! – diz ela toda contente, não acreditando que aquilo estava acontecendo.

Eduardo anota, com um longo sorriso. Anne diz, sorrindo ironicamente:

– Tenho que ir, pois não posso deixar minhas amigas imaginárias esperando.

Eduardo sorri e tenta se despedir de Anne com um beijo no rosto, mas ela lhe estende a mão. Quando Eduardo está próximo de tocá-la, lembra-se do choque e retira a mão rapidamente. Um pouco afastados, tentam dar um beijo de cumprimento e quase se beijam na boca. Após esse momento constrangedor, mais para Anne do que para Eduardo, os dois partem para suas respectivas mesas. Ao chegar à mesa, as amigas de Anne lhe fazem uma bateria de perguntas, e Anne, um pouco tímida, diz que deu seu número a ele. As amigas comemoram, e, em meio à comemoração, Anne olha para trás e troca olhares com Eduardo.

Sábado

Camilla e Anne conversam sobre Eduardo. Camilla insiste para que sua amiga vá fundo, mas elas são interrompidas pelo toque do celular de Anne.

– Não sei quem é. Não conheço o número – diz Anne.

– Deve ser ele. Atende logo! – apressa Camilla.

Anne fica nervosa, e Camilla diz:

– Para de frescura, garota! Atende logo isso!

Assim, meio sem jeito, atende o telefone dizendo um tímido "alô". Do outro lado da linha, Eduardo se identifica. Anne cobre a entrada de voz e cochicha com Camilla:
– Amiga... É ele.
Anne o cumprimenta. Após uma breve conversa, decidem se encontrar no próximo domingo no Park Shopping às cinco da tarde e logo se despedem. Anne, animada, recebe um abraço de Camilla, que diz:
– Amiga, vocês vão sair. Ai, que legal! Peraí, você precisa de uma roupa nova, desenhada e costurada por mim.
– Mas já são seis da tarde. Estou morta – diz Anne.
– Anda logo – ordena Camilla.
Anne, após a pequena insistência de Camilla, decide ir comprar tecido junto com ela.

Domingo, dia do encontro

O shopping está cheio. Pessoas passam conversando umas com as outras. Eduardo está sentado na praça de alimentação, esperando Anne, enquanto mexe distraído em seu celular. Um grupo de rapazes chama a atenção mais que as outras pessoas, pois estão gargalhando, conversando e gesticulando. Em meio às gargalhadas, um dos rapazes interrompe toda a brincadeira e mostra aos outros uma mulher loira de cabelos encaracolados na altura dos ombros, que passava naquele momento com um vestido amarelo tomara que caia rodado. Eduardo olha para a mulher de que tanto falam e percebe que é Anne. Com um leve sorriso e com um orgulho quase que incontrolável, ele se levanta e cumprimenta Anne segurando sua mão. Ele tenta beijar seu rosto, mas acaba babando em Anne,

devido ao choque que leva mais uma vez. Completamente sem graça, ele se desculpa. Anne pega uma toalhinha em sua bolsa e limpa rapidamente seu rosto. Com um leve sorriso, diz:

– Está tudo bem? Me desculpe!
– Está tudo bem, estou bem.

Sem se importar muito, a única coisa que chama a atenção de Anne é o pensamento de Eduardo: *Ela é linda e maravilhosa!* Eles se sentam, porém Eduardo, de uma forma um pouco cômica, senta-se um pouco contorcido, enquanto Anne faz o mesmo, porém observando com um olhar de surpresa, devido ao seu pensamento anterior.

Eduardo elogia Anne dizendo exatamente o que havia pensado antes, e Anne, timidamente, agradece, ficando um pouco corada. Com um pouco de dúvida, Eduardo pergunta o porquê de ele sempre levar um choque ao segurar sua mão.

– É que eu sou eletricista – responde Anne, ironicamente.

Eduardo, não entendendo o que ela quis dizer, começa a pensar se Anne está falando sério ou se está apenas tirando sarro de sua cara. Logo em seguida, Anne diz que está brincando, e completa:

– Sou assim desde criança. Os médicos dizem que eu tenho um número de elétrons maior, por isso não consigo usar relógios, meus celulares não aguentam um dia completo carregado e meu cabelo fica essa droga.

– Mas você dá choque em todo mundo? – pergunta Eduardo.

– Não. Só em você... E em meu pai, também, mas não era tão forte como o seu. Talvez você tenha uma carga de

elétrons baixa – diz Anne, enquanto desfere um olhar manso para Eduardo.

– Ahhhhh... *num tendi* muito bem, não – diz Eduardo, comicamente.

Anne tenta explicar melhor:

– Você deve ter uma carga menor de elétrons. Por isso, quando nos encostamos, você leva choque. Foi o que o médico explicou ao meu pai.

Concluindo o que dizia, Anne dá a ideia de apertarem as mãos novamente.

– É... Também porque, se vamos namorar, é melhor que eu me acostume logo. Ou então você terá de usar luvas como a Vampira – diz Eduardo, sorrindo e brincando com ela.

– Hã!?

– Não... Nada. Esquece o que eu disse – diz ele, rapidamente.

Ela o provoca:

– Se você não quiser, se estiver com medo, não tem problemas.

– Não... Medo? Quem disse que tô com medo... *ruf*... "Medo". Vamos lá, pode apertar minha mão – diz ele, com tom de bravura.

Anne estica seu braço, que vai de encontro à mão de Eduardo. Quando se encontram, ele aperta um pouco mais forte, e Anne faz o mesmo. Ao contrário do que pensavam, o choque não foi tão forte quanto o último. E, enquanto segurava a mão de Anne, Eduardo percebe que o choque só ocorre no momento do toque.

– Está tudo bem? – pergunta Anne.

– Sim! – diz ele, após se recuperar.

Os dois começam a se olhar e, nesse instante, Anne presta atenção nos pensamentos de Eduardo: *Nossa... ela é perfeita. Que olhos lindos. Que boca... Esses cabelos cacheados, realçados por esse vestido, com esse lindo par de peit...* Anne rapidamente puxa sua mão, evitando ouvir o restante de seu pensamento.

– O que foi? Te machuquei? – pergunta Eduardo.
– Não. Está tudo bem – responde ela.

Eduardo, junto de Anne, procura no cardápio algo para comerem e beberem. Anne acaba pedindo apenas um suco de laranja. Ela não queria sujar sua boca ou mesmo tirar seu batom. Eduardo diz que quer o mesmo.

– Então... o que você faz? – pergunta Anne.
– Sou designer e trabalho na revista *Veja* – responde ele.
– Legal. Eu também já pensei em ser designer, mas no final...
– E por que desistiu? – ele pergunta rapidamente.
– Ah... Sem querer ofender, é que eu achei que não iria ganhar bem – diz Anne, um pouco constrangida.

Será que ela pensa que eu sou um duro?, reflete Eduardo, enquanto ouve Anne falar.

– É... Até que você tem razão, porém tem suas gratificações. E, além do mais, dá até pra sobreviver – diz ele, tentando brincar um pouco.

Sua idiota! Isso é coisa que se fala no primeiro encontro?, pensou.

– Claro, claro. Isso que é importante – diz ela, ainda constrangida, porém mais aliviada por Eduardo ter levado na esportiva.

Enquanto bebericam o suco trazido pelo garçom, ele lhe faz a mesma pergunta.
– E você, o que faz?
– Sou arquiteta. Na verdade, acabei de me formar.
– Poxa... Legal. Agora entendi. Esses, sim, ganham bem. Eu tenho um amigo que, após quatro anos de curso de arquitetura, desistiu e passou a estudar design. Estranho, não?! – ironiza ele.
– Ah... Que pena! Faltava tão pouco para ele terminar. Eu já vi casos assim. Ainda mais quando começam a ralar e percebem que não é aquilo que querem – diz ela.
– Se inspirou em alguém ou decidiu ser arquiteta por si só? – pergunta Eduardo.
– Meu pai era engenheiro, daí eu fui gostando, e estou aqui.
Logo após dizer isso, Anne pergunta:
– Você desenha bem? Já que é designer.
– É... Mais do que a maioria – responde ele, sorrindo.
– Já para mim, foi um sofrimento. Eu não sabia desenhar nada, e para entrar na UFRJ, onde estudei, tinha que fazer a prova de habilidades específicas. Então fiz um curso de desenho – explica Anne.
– Que bom que você conseguiu. Eu também fiz um curso no início, porém eu fiz artístico – diz ele.
– Onde? – indaga Anne.
– Em Bangu – responde Eduardo.
– Sério? Eu também fiz lá. No Curso Esboço – diz Anne sorrindo, surpresa.
– Caramba. Foi onde eu fiz também – diz Eduardo.

Os dois se surpreendem com tamanha coincidência e, sem perder a oportunidade, Eduardo brinca:
– Viu? Estivemos distantes, entretanto tão perto. Deve ser o destino.
Anne sorri ao ouvir as palavras de Eduardo e os dois terminam de beber o suco se encarando fixamente. Ele, admirando sua beleza; ela, doida para ouvir seus pensamentos.
Eduardo corta o clima e diz:
– Tenho uma ideia. Que tal irmos ao cinema?
– Ah... Sim. Vamos, mas qual filme? – pergunta ela.
– *Explosão de vida*. Acho que é o único que presta em cartaz no momento – diz Eduardo.
Eles se levantam. Enquanto caminha, Eduardo se arrisca em perguntar:
– Sei que pode parecer estranho, mas se incomoda se eu pegar sua mão?
Anne, nesse instante, desvia o olhar. *Vou poder ouvir muito mais da sua mente, saber tudo sobre você, seus gostos, suas intenções, se é romântico ou se só quer me comer...*, ela pensa. Logo depois responde, sorrindo sonsamente:
– É... Não. Tudo bem! Pode sim.
– Se você não quiser, não tem problema – diz Eduardo.
– Que isso, imagina! – disfarça.
Encarando como uma boa oportunidade de ler a mente de Eduardo, Anne aceita e estende sua mão a ele, que a segura delicadamente, enquanto passa seus dedos entre os dela. Nesse instante, Eduardo, tentando não ficar em um clima constrangedor, brinca:
– Você não tem nenhum ex-namorado ciumento, que te persegue e mata todos os homens que se aproximam, tem?

Anne responde em tom de brincadeira:
– Não... Não mais. Eu terminei bem meu último relacionamento. Até o visito de vez em quando, no cemitério.
Ele sorri.
Mas, ao segurar a mão de Eduardo, Anne se frustra, pois não consegue ouvir os pensamentos dele. No entanto, consegue disfarçar. Os dois caminham em direção ao cinema. Após comprarem os ingressos, Eduardo decide comprar algo para comerem, mas, antes que pudesse dar dois passos, se lembra:
– Esqueci de perguntar: pipoca doce ou salgada? – pergunta Eduardo.
– Ah... Salgada, por favor – responde Anne.
– E o refrigerante? – novamente, pergunta Eduardo.
– Não sendo cola, está ótimo – diz Anne bem-humorada, enquanto Eduardo sorri ao ouvir sua resposta, pois também não gostava de refrigerante de cola.
Eduardo chega ao caixa e pede duas pipocas salgadas e dois guaranás. Enquanto a atendente preparava seu pedido, Eduardo mirava Anne com um olhar de que algo bom estava para acontecer.
Enquanto esperava, Anne o observava com um olhar distante. *Não acredito que sou a única mulher no mundo que pode ouvir a mente de um homem! Pelo menos nunca ouvi falar nisso.*
Eduardo, ao vê-la tão pensativa, se aproxima dizendo:
– Gostaria de saber o que você está pensando.
Anne se assusta ao ouvir o desejo de Eduardo e reflete sobre a ironia da pergunta dele.
– Desculpe, eu me distraí – disfarça.

– Nada... Acontece – diz Eduardo, entregando-lhe a pipoca e o refrigerante.
Os dois caminham em direção à sala de cinema. Eles conversam pouco durante o filme. Eduardo não tenta nada. Tem medo de que Anne o ache abusado, e que com isso acabe assustando-a. O filme termina e eles saem do cinema comentando sobre ele. Após algumas críticas e elogios...
– Ah... Não sei. Achei meio triste o final – Anne comenta.
– Eu adorei, nem sempre as histórias acabam com finais felizes. O importante era dar um fim ao problema, e aquela foi a única maneira de isso acontecer.
– Nossa, você foi longe agora, hein! – comenta ela.
Anne estica sua mão e segura a de Eduardo, que imediatamente leva um choque. Anne percebe e, já ouvindo em seus pensamentos, pergunta:
– Você levou um choque?
– Sim... Mas já me acostumei. São até legais. Depois do toque, fica normal – responde Eduardo, sorrindo.
Entre vários pensamentos, Anne escuta:
Como ela pode ser tão linda? Não acredito que essa mulher está a fim de mim!
Eles andam pelo shopping e, entre risadas e brincadeiras, Anne presta atenção aos pensamentos de Eduardo:
Já está ficando tarde, será que eu a beijo? Merda! Talvez ela nem ligue, talvez goste, ou pode ficar puta da vida. Nós estamos de mãos dadas. Significa que ela está querendo...
Anne, após ouvir cada palavra, não consegue se controlar e começa a gargalhar.
Que fofo, pensa Anne.

Sem saber o motivo do súbito ataque de risos de Anne, Eduardo pergunta:
– O que foi?
– Não... Nada. Deixa pra lá – diz Anne, enquanto ainda tenta se controlar.

Pessoas transitavam pelo shopping volta deles, mas, sem se importar com o que pudessem pensar, Anne segura a mão de Eduardo e o beija. Um beijo molhado e demorado. Enquanto se beijam, Anne ouve os pensamentos de Eduardo em sua cabeça:

Que boca, que boca. Não acredito, ela tomou a iniciativa na minha frente!

Nesse instante o beijo é interrompido e eles fixam um olhar como um casal superapaixonado. Não parecia que se conheciam há tão pouco tempo. As pessoas que passavam por eles os viam como o casal mais feliz do mundo. Os dois sorriram quando perceberam que tinham chamado a atenção e, sem darem importância, beijaram-se novamente.

Era por volta de 21h30 e estava ficando tarde, pois os dois trabalhariam no dia seguinte.
– Você veio de ônibus? – pergunta Eduardo.
– Não. Vim de carro – responde Anne.
– Pena. Iria gostar de te levar pra casa.
– Levar pra casa? – pergunta ela, sorrindo.
– É... Não a minha. Sua casa. Não minha. Sua... – diz ele, quando entende a pergunta de Anne.
– Ué, mas você pode me levar até o meu carro – sugere.
– Por que não? – responde ele, sorrindo.

Ao chegarem no estacionamento, Eduardo se espanta ao ver o carro de Anne, e ela percebe imediatamente, pois ainda estão de mãos dadas.

Não basta ser gostosa, tem que ter um carro desses, e eu ainda querendo levá-la para casa. É mais fácil ela me levar... Estou a pé perto disso, ela ouve o pensamento de Eduardo.

Anne fica um pouco sem graça e percebe que Eduardo se porta um pouco diferente de antes.

– Você não vai me dar seu número? – pergunta Anne.

– Claro. Como pude me esquecer! – diz Eduardo, recuperando a atenção.

Eles soltam as mãos, e Anne pega seu celular. Um iPhone de última geração. Eduardo coça a cabeça e diz:

– 97518...

Anne viu que Eduardo ficou sem jeito. Já tinha ouvido falar de homens que se sentem desconfortáveis quando se relacionavam com mulheres bem-sucedidas. Ao ver Eduardo com um semblante diferente, Anne novamente segura sua mão e o beija. Dessa vez, ao contrário de antes, não consegue ouvir o que Eduardo pensa. Assim que terminam o beijo, Anne pergunta:

– Então... espero você me ligar?

Meio em dúvidas consigo, ele responde:

– Sim. Claro...

Anne entra no carro e, quando ia fechar a porta, Eduardo diz:

– Obrigado... Pela noite – diz ele, como quem está se despedindo para sempre.

Ela, com um sorriso de quem quer mais, responde:

– Eu que agradeço... Foi uma ótima noite.

Ela fecha a porta e parte assim que liga o carro. Um Kia Sportage branco. Eduardo fica ali, parado, olhando-a partir, pensando no beijo e ainda sem acreditar que tudo aquilo tinha acontecido. Junto ao sentimento de alegria, por ter saído com uma mulher tão linda e maravilhosa, ele se sente frustrado ao comparar sua condição financeira com a de Anne. Ele caminha em direção à sua moto, que estava do outro lado do estacionamento, pensando se Anne o acharia interesseiro. Eduardo monta em uma Kawasaki Z1000 e parte rapidamente.

Dia seguinte.
Centro da cidade
Espaço Designer da Revista

Eduardo passa a manhã inteira pensativo, entre sons de teclado e telefones, parecendo não se importar com o que ocorre à sua volta. Tenta prosseguir sua rotina, mas não parece estar tendo muito sucesso no dia.

Uma pessoa se aproxima de Eduardo e fala próximo de seu ouvido:

– E aê, cara... Como foi?

Eduardo se surpreende e, assim que vê que é seu amigo Léo, responde com uma pergunta:

– O que você está fazendo aqui?

– O que estou fazen... Tenta mudar de assunto não. Como foi? – insiste Léo.

Eduardo suspira fundo, sabendo que Léo não sairia de lá até que contasse algo, então diz:

– Ah... Foi legal.

– Legal, mas...?

– Legal. Sem "mas"... Somente legal. E... nós nos beijamos – diz Eduardo, fazendo Léo pular da cadeira e gritar, sorrindo:
– Esse é o meu garoto.
Todos do andar voltam a atenção para Léo, que se senta rapidamente, desculpando-se. Logo em seguida, comenta:
– O negócio é sério mesmo! Mas ficou só no beijo?
– Só. Vai me deixar terminar? Ela é gostosa, inteligente e, por incrível que pareça, se sente atraída por mim. Mas... tenho medo dela – com as mãos na cabeça, sentindo-se confuso e desanimado, Eduardo desabafa com o amigo.
– Ah! Tá maluco! Medo por quê? – Léo o questiona, curioso.
– Sei lá... Não quero outra maluca, que fique em cima, me impedindo até de respirar. Sabe, mulher bonita e solteira só pode ser possessiva.
– Você está generalizando, cara – diz Léo, tentando confortá-lo, mas é logo interrompido:
– O carro dela vale mais que a minha moto.
– Que você ainda está pagando, mas isso é detalhe – zoa Léo.
– Não está ajudando – resmunga Eduardo.
Léo se levanta e diz:
– Bom... o papo foi bom, mas tenho que ir. Aliás, não deveria nem ter saído. Só vim aqui mesmo pra saber se você pegou. Depois você me conta melhor os detalhes. E ó: você primeiro tem que provar a carne, para depois criar conclusões.
– Já é. Vai lá.

Eduardo se vira em sua cadeira e fica de frente para o monitor de seu computador. Antes que pudesse voltar às suas atividades, pega seu celular e olha para a agenda onde está o número de Anne. Não sabe se liga ou não para ela.

....

Por volta das cinco da tarde, Anne e Camilla conversam sobre o encontro com Eduardo, pois, mesmo estando curiosa, Camilla já dormia quando Anne chegou. Elas tinham acabado de sair do trabalho. Camilla trabalha como estilista. Anne, recém-formada em arquitetura, trabalha no escritório de construção civil onde estagiou por um ano, mas agora é arquiteta efetiva. Elas foram comer no restaurante *fast food* Giraffas antes de irem para a academia, próximo de onde moram. Enquanto jantavam, Anne contava cada detalhe à sua amiga. Cheias de alegria e risos altos, as duas se divertiam com a conversa, até que reparam que as pessoas em volta estavam olhando para elas. Anne fica sem graça e se contém. Camilla era quase tão tímida quanto a amiga. Porém, rapidamente, sem que Anne pudesse fazer algo para impedir, ela diz, para que todos que estavam olhando ouvissem:

– O que há? Nunca viram uma mulher apaixonada?

Anne fica mais sem graça e pede para Camilla parar de dizer que ela está apaixonada. Camilla insiste.

– Parar o quê? É verdade! Se você não está apaixonada, não quero nem ver quando estiver.

– Para com isso.

Anne fica vermelha, não sabendo o que fazer de tanta vergonha.

Camilla se conforma e para de brincar com sua amiga. Porém, tentando tornar o assunto mais sério, Camilla faz uma pergunta que não anima Anne:

– Mas e aí... Ele te ligou hoje?

– Não – responde Anne, fazendo um biquinho de decepção.

– Ah... Para! Não faz essa cara! O dia nem terminou. E se ele não ligar, você liga! Aparentemente ele te fez bem – diz Camilla, tentando animar sua amiga.

– Não sei. É que, logo quando estávamos indo embora, ele parecia ter ficado triste ao ver meu carro. Sei lá... Acho que ele é do tipo que não gosta de mulheres mais bem-sucedidas que ele.

– Esquece isso. É bobagem da sua cabeça – conforta Camilla.

– Lembra-se do seu ex, Paulo? Foi a mesma coisa – Anne exemplifica.

– O Paulo era um idiota! E você mesma não disse que ele é designer?

– É... – ela confirma.

– Então, pronto. Talvez ele seja até mais bem-sucedido que você. Vai ver ele só ficou triste por ter terminado o encontro cedo demais – diz Camilla, tentando animar Anne.

– É. Pode ser.

Elas saem do restaurante e vão buscar o carro de Camilla, um Volvo xc60. Anne e Camilla revezavam no volante, cada dia uma ia de carona no carro da outra, pois trabalhavam em lugares próximos. Camilla cobra a vez

de Anne ir dirigindo, já que na vinda ela viera dormindo. Camilla pede que Anne lhe explique melhor como é ouvir os pensamentos de Eduardo. Anne começa a explicar novamente à amiga, encabulada com o fato. Assim, as duas seguem após mais uma segunda-feira de trabalho.

No mesmo dia, às sete da noite

Eduardo está em casa trabalhando em seu projeto pessoal no computador. Seu melhor amigo, Thiago, chega do trabalho após ter virado a noite de plantão no hospital Copa D'or. Thiago é enfermeiro. Eduardo e Thiago moram juntos há um ano e três meses, em uma casa alugada no Parque Leopoldina, Bangu, Rio de janeiro.

– Falaê, doutor. Ralou muito? – cumprimenta Eduardo, zoando o amigo.

– Doutor, eu!? Fodido e ralado – explica Thiago, lamentando-se do cansaço.

– Ué, mas doutor também rala – replica Eduardo.

– Sim... Mas ganha dez vezes mais do que eu – treplica Thiago.

Thiago, sem nem tirar os sapatos, se joga na cama de Eduardo. Ele fica irritado e grita:

– Ô, ignorante! Já tomou banho pra estar deitado na minha cama? Você está cheio de bactérias!

Thiago tenta se explicar:

– Hospital tem vestiário pra isso, seu otário. E aí? Como foi o encontro com a loira?

Eduardo, com um largo sorriso, se vira para o computador e finge que não ouviu.

– Já vi que foi bom! Com esse sorriso aí...

Eduardo se vira novamente para Thiago e diz:
– Bom. Foi foda! Ela é muito... Ah!
– Que isso. Parece até que já transaram – diz Thiago.
– Não, cara... Nós apenas nos beijamos – diz Eduardo, ainda sorrindo.
– Pô, só beijo? Isso é novidade – diz Thiago, enquanto arruma o travesseiro.
– Nem tenho pressa com ela... Ela é perfeita. Linda, meiga, cheirosa...
– Gostosa! – Thiago interrompe.
Eduardo sorri e Thiago completa:
– Você é um sortudo mesmo. A mina caiu em cima de você igual paraquedas.
– E o pior é que eu nem sei o que ela viu em mim. Deve ser porque ela fica me dando aqueles choques – explica Eduardo, ainda sorrindo.
– Talvez ela seja masoquista – palpita Thiago, jogando o travesseiro em Eduardo.
– Viaja não. Ela é tranquila – diz ele.
– Ó, hein. Tá ligado nos filmes, que as quietinhas são as piores. Daquelas que gostam de algemar os caras e tudo – zoa Thiago.
– Tu tá maluco mesmo! Tá vendo muita televisão.
Eduardo joga o travesseiro de volta em Thiago e diz:
– Cara, mas tem algo que me incomoda...
– Fala aí!
– Sei lá... Ligar pra ela e sairmos de novo – desabafa ele.
– Tá de sacanagem! Eu estou quase ligando por você – zoa Thiago.

— Mas é sério, cara... – diz Eduardo.
— Me diz aí, o que houve? Eduardo, conta tudo, da mesma forma que contou ao Léo.

Após ouvir tudo, Thiago diz:
— Cara, você não deve ficar pensando assim.
— É... Tô ligado, mas você se lembra lá da tua "amiga", que você arrumou pra cuidar de mim? – diz Eduardo.
— Ah, pô! Isso já faz mó tempão, cara!

Dez meses antes

Eduardo havia caído de moto e foi levado ao hospital onde Thiago trabalha. O amigo de Eduardo pediu preferência para atendê-lo e solicitou uma médica de seu plantão para que o examinasse. Ao entrar, Eduardo quase pirou ao ver a médica, que era uma morena clara, com aparência de trinta anos. Com o jaleco entreaberto na altura dos seios, tornava impossível não olhá-los e ver que eram perfeitamente redondos, deixando qualquer homem à beira da loucura. Thiago os apresenta e diz, brincando, enquanto se retira:
— Dra. Patrícia, cuide bem dele.

Eduardo estava sem camisa. Seu corpo estava bem-definido, pois ele vinha malhando por nove meses. Isso levou a médica ao delírio, pois adorava rapazes mais jovens e com corpos sarados.

O atendimento demorou mais que o normal. Patrícia gostou do jeito simples de Eduardo e os dois ficaram conversando, enquanto ela, vagarosamente, fazia seus curativos, que, por acaso, eram para ser feitos por um enfermeiro. Thiago, preocupado com a demora, resolveu entrar

na sala para saber se estava tudo bem com seu amigo. Ao entrar, Thiago pergunta:

– Qual é, cara. Você não se quebrou todo, né?

– Nada, mas se o tratamento do hospital fosse sempre com a Dra. Patrícia, eu me machucaria mais vezes – diz Eduardo.

– Pode me chamar só de Patrícia – diz a médica, enquanto sorri para Eduardo.

Nesse instante, Thiago se espanta, porém permanece em silêncio.

O expediente havia terminado para Thiago. Nesse dia, ele não havia ido de carro, um Celta 2011 preto. Enquanto caminham, Patrícia surge, em seu Ranger Rover Evoque vermelho, e logo pergunta a Thiago:

– Vai a pé hoje?

– É... Não vim de carro. E a moto dele foi levada pelo reboque.

– Podem entrar. Eu dou uma carona – diz Patrícia, amistosamente.

Eduardo, sorrindo, agradece. Thiago, mais espantado ainda, agradece, porém fica sem entender muito.

Na porta da casa deles, ao descerem, Patrícia dá o seu número a Eduardo e diz:

– Me liga... Caso tenha alguma dúvida sobre os medicamentos.

– Ah... Claro. O seu marido não vai reclamar? – pergunta Eduardo, com um sorriso malicioso no rosto.

– Estou solteira. E não se preocupe com o horário. Eu atendo vinte e quatro horas por dia – diz Patrícia, retribuindo o sorriso.

Eduardo, não se contendo, diz:
– Tudo bem. Ligarei.
Thiago interrompe, agradecendo a Patrícia pela carona. Ela sorri para Eduardo e vai embora.
Eduardo anda em direção ao portão de casa e percebe que o amigo está parado, encarando-o, de boca aberta.
– O que foi, cara? – pergunta Eduardo.
– O que foi? Só faltou ela pular em cima de você dentro do carro. Parecia que ela tinha uma placa na testa dizendo "quero te dar". E ainda cagou para o fato de eu ser enfermeiro e morarmos juntos, pois ela sabe muito bem que eu posso cuidar de você – responde Thiago.
– Cara... Nada a ver – diz Eduardo, com um sorriso cínico.
– Que nada a ver o quê... E aquele papinho de "pode me chamar de Patrícia"? Essa mulher é o cão. Quase demitiu uma enfermeira por não tê-la chamado de doutora – diz Thiago.
– Você tá viajando. Ela só foi gentil com um paciente – diz Eduardo.
– Gentil... Ela está na sua, e olha que você nem é tão bonito assim – diz Thiago.
– É. Talvez... – diz Eduardo.
– Na boa. Se você não pegar, será o mais otário que eu conheço. E tira esse sorrisinho do rosto – diz Thiago, brincando com o amigo.
Os dois vão em direção à porta e, antes que pudesse terminar de abri-la, Eduardo diz:
– Mesmo relutando, eu me sacrifico por você, meu amigo, mas só porque você insistiu muito – diz Eduardo, zombando do amigo.

– Vai à merda, cara... – diz Thiago.

No dia seguinte, Eduardo liga para Patrícia e diz que havia dormido mal. Estava com o corpo dolorido e precisava de uma massagem.

Patrícia, com uma voz completamente diferente – sexy, calma e apaixonante –, diz:

– Na sua cama, ou na minha *Jacuzzi*?

Eduardo, do outro lado da linha, por alguns instantes sem palavras, pergunta:

– Na sua o quê...?

– Isso mesmo que você ouviu. Então... te pego que horas?

– 12h30 está bom pra você? – pergunta Eduardo, enquanto corre para se arrumar.

– Tudo bem. Beijos – diz Patrícia com um glamour em sua voz.

Eduardo pula em cima de Thiago, que ainda dormia. Ele acorda assustado e pergunta:

– O que foi, cara?

– Eu vou tomar banho na *Jacuzzi* da Patrícia – diz Eduardo, eufórico.

– O quê? – grita Thiago, sem acreditar.

Eduardo corre para seu guarda-roupa e procura sua melhor calça.

– Peraí... Ela tem uma *Jacuzzi*? – indaga Thiago, levantando-se da cama e indo atrás dele.

– Sim. Ela vai me fazer uma massagem na *Jacuzzi* – diz Eduardo.

– Massagem? Na boa, você é muito sortudo! – exclama novamente Thiago.

– Ela está vindo me buscar – diz Eduardo.

– Divirta-se – diz Thiago, deitando na cama e pondo a cabeça de volta no travesseiro para dormir.

Patrícia busca Eduardo e, por volta de uma da tarde, eles chegam à sua casa, na Tijuca. Como havia ganhado três dias de licença médica, dados pela própria doutora, Eduardo só saiu de sua mansão no mesmo horário do outro dia, um quilo a menos, deixando Patrícia esgotada e apaixonada, pois havia transado com ela em cada parte de sua enorme casa.

Um mês depois, Eduardo e Patrícia estavam namorando, e Eduardo era invejado por todos os seus amigos por estar pegando uma mulher bonita, gostosa e rica. Ela o enchia de presentes, e chegaram até a fazer uma viagem juntos para sua casa em Fernando de Noronha. Eduardo quase perdera o emprego por causa disso, já que começou a faltar sem justificativas. Tudo estava perfeito até Eduardo atrasar uma prestação de sua moto. Por acompanhar Patrícia, Eduardo teve muitos gastos em passeios, restaurantes e presentes. Isso acabou descontrolando seu orçamento e, para não pegar um empréstimo, ele acabou aceitando o dinheiro emprestado de Patrícia, após muita insistência da parte dela.

Após três meses juntos, Patrícia começou a se portar de forma obsessiva, ciumenta e dominadora. Eduardo não podia falar com nenhuma mulher ou sair com seus amigos. A gota d'água foi quando Patrícia pediu a Eduardo que saísse do emprego, pois iria sustentá-lo, ou lhe daria um emprego, em que ele ganharia muito, em um dos consultórios que ela havia herdado de seu pai. Caso aceitasse, Eduardo ganharia

uma moto Dukati, o que o fez quase aceitar a proposta. Porém, Eduardo recusou e pôs um fim no relacionamento.

Patrícia não aceitou o término. Achou que Eduardo havia conhecido outra mulher e contratou um detetive particular para vigiá-lo durante duas semanas.

Após alguns dias, Eduardo percebeu que estava sendo seguido. O mesmo homem, e o mesmo carro, um Honda City prata. Disposto a resolver isso, Eduardo marcou com seus amigos no estacionamento, no shopping Bangu, para ver qual era a do homem no carro. Seus amigos já estavam a par da situação e decidiram ajudar imediatamente, pois achavam que Eduardo estava sendo seguido por causa de sua moto, e que alguém planejava roubá-la.

Quando Eduardo chegou ao estacionamento, o homem desceu com uma câmera fotográfica na mão, porém foi surpreendido por três outros homens, que o engravataram e jogaram-no ao chão. O homem aparentava ter quarenta anos. Ele tentou se esquivar, porém não conseguiu fugir de três. Eduardo veio correndo para ajudar seus amigos. Léo o segurou por trás, enquanto Thiago e Gabriel, que é outro grande amigo de Eduardo, o encaravam. Eduardo, furioso, pergunta:

– Quem é você? Por que está me seguindo?

O homem, vendo que não tinha mais escolha, que ia apanhar dos rapazes, decide contar. Porém, pede para que o soltem primeiro. Eduardo pede para que eles o soltem e manda o homem explicar-se imediatamente. O homem cuidadosamente põe a mão no bolso e pega uma carteira. Ao abri-la, mostra a todos que é um detetive particular. E diz que o estava seguindo a pedido de uma cliente.

– Não acredito... – Espantado, Eduardo logo percebe quem estava por trás disso. Dá uma gargalhada, e é acompanhado por Thiago e Léo.
– Puta merda. Quase matamos o detetive – diz Léo, enquanto chora de rir.
Após essa situação, Patrícia percebe que Eduardo não está com outra e resolve deixá-lo em paz.

Agora

– Mas nem todas são iguais – diz Thiago.
– Cara. Rica, bonita e solteira. No mínimo é ciumenta, maluca, obsessiva, e quer alguém para ser seu pobre coitado e usar como animal de estimação – diz Eduardo.
– Sério... Vai se tratar – diz Thiago.
Eduardo sorri. Thiago completa:
– Mesmo que ela tenha caído de paraquedas em cima de você, não significa que é maluca. Eu já estou noivo há três anos.
Eduardo fica pensativo, mas depois diz:
– É... Tem razão. E esse casamento não sai também, né?! Agora sai da minha cama. Tenho que trabalhar amanhã. Não sou vagabundo que nem você – brinca.
Thiago se levanta para que Eduardo possa deitar. Seu celular toca e, ao atender, vê que é Léo do outro lado da linha. Eles combinam de sair no dia seguinte.

No dia seguinte, às cinco da tarde

O sol ainda permanece forte. É horário de verão. Eduardo, Léo e Thiago estão na livraria Saraiva. Eles aguardam Gabriel, também amigo dos três, para indicar quais

peças são melhores para montar um computador para o projeto que estão desenvolvendo.

Enquanto Eduardo e Léo conversam sobre o trabalho e coisas cotidianas, Thiago avista um livro, cujo nome é *Me casei com meu melhor amigo*, que o faz sorrir. Ele pega-o e chama a atenção de Léo e Eduardo. Ao olharem, Thiago mostra o livro para os dois e diz:

– É... A ideia não é ruim, hein?! – comenta ao ler a sinopse do livro, sobre dois amigos heterossexuais que fracassaram em seus relacionamentos e decidem se casar para não terem mais que se relacionar com mulheres e seguirem "solteiros".

Eduardo e Léo começam a rir. Concordam que a ideia não é ruim.

....

Anne e suas amigas, após saírem do serviço, decidem se encontrar na rua da alfândega para comer algo, como sempre fazem uma vez por mês. Thati e Yago esperam por Camilla e Anne sentados em uma lanchonete, bebendo café expresso. As duas chegam, fazendo Yago e Thati se animarem um pouco.

– Não aguentava mais. Ficamos uma eternidade aqui esperando – brinca Thati.

– Tem uma coisa chamada trabalho. Você deveria experimentar um dia – ironiza Camilla.

– Eu não tenho culpa se o meu namorado gosta de me sustentar – debocha Thati, sorrindo e brincando com Camilla.

– Pode-se não trocar de namorado a cada mês – debocha Camilla num tom mais sério.

– Inveja é fod... – diz Thati, já se irritando, quando é interrompida por Anne.

– Ah... Vamos logo. Não comi nada o dia inteiro – diz Anne.

Elas começam a andar, e Camilla diz:

– Eu tenho que comprar um livro. Toda vez me esqueço de comprar.

– Que livro, amiga? – pergunta Yago, curioso.

– Cinquenta tons de alguma coisa – responde Camilla.

– Ah, tá. Depois quer julgar os outros! – diz Thati, ironicamente.

....

Gabriel chega à livraria e rapidamente avista seus amigos. Eles cumprimentam-se, como sempre, bem-humorados. E Léo, como de costume, brinca com Gabriel, dizendo:

– Que merda, hein, gordinho? Andando nesse calor! Deve estar com assaduras até nas juntas dos dedos.

Gabriel sorri e diz:

– E você, com essa calvície! Nesse sol, vai acabar ficando careca!

Todos começam a rir.

– Isso aí, Gabriel! Dá mole, não! – diz Thiago, torcendo pelo amigo.

– Parece que não se veem há anos. Vamos logo, pois a loja já deve estar fechando – diz Eduardo.

Os quatro se dirigem à saída. No corredor, ao olhar para a porta que se abre, Eduardo avista Anne, que imediatamente retribui o olhar. Nesse instante o tempo para, Anne para, Eduardo para. Léo, sem perceber, continua andando, e esbarra em Eduardo. Gabriel, que vinha atrás de Léo, esbarra nele, fazendo Léo e Eduardo caírem ao chão. Todos se espantam com o ocorrido e começam a rir dos dois. Léo se levanta rapidamente e se vira, falando para Gabriel:

– Porra, Gabriel! Olha por onde anda. E você, Eduardo, parou por quê?

– Tá ficando malu... – Léo para de falar imediatamente, ao entender o que houve.

– Anne... – diz Eduardo, surpreso.

Léo olha para Anne e tenta ajudar o amigo, dando tapas nas roupas de Eduardo para limpar, e no final dá dois tapas fortes em suas costas. Thiago olha, perplexo com a situação, se segura para não rir e diz, um pouco sem graça:

– É... Nós vamos... Esperar lá fora.

– É... Lá fora – diz Léo, puxando Gabriel, concordando com Thiago.

Camilla, Thati e Yago, partilhando do mesmo sentimento por causa da situação, também saem, e Camilla diz:

– Nós vamos comprar... alguns livros.

Todos se retiram. Eduardo está sem graça. Anne olha-o de uma forma serena e o cobra:

– Fiquei esperando você me ligar.

– Eu ia, é que... – diz Eduardo, gaguejando.

Anne não o deixa completar, e de forma insegura pergunta:

– Há algo de errado?

– Não... É que... Eu fiquei receoso de ligar – diz Eduardo.

– Mas por quê? Fiz algo errado? – indaga Anne.

– Não... Não. Você é maravilhosa, e foi ótimo sair com você, mas... – tenta se explicar.
– Mas...? – cobra Anne.
– Achei que estaria sendo chato, te ligando tão rápido. Mas eu fui bobo de não ter te ligado. E... minha única dúvida agora é quando nós poderemos sair novamente – explica-se, com uma voz mansa de arrependimento.
Anne fica vermelha e diz:
– Sexta?
– Claro, sexta. Perfeito! A que horas te busco? – pergunta, com um sorriso de quem teve suas dúvidas perdoadas.
– Às 18h30 – responde Anne.
– Tudo bem, então. Onde você mora mesmo?
– Ah! Como iria me encontrar? – Ela passa o nome da rua e ele anota em seu celular.
– Então tá, até sexta. Tenho que ir. Meus amigos estão me esperando – diz Eduardo, um pouco sem graça.
– Ah, tá... Eu também tenho que ir, minhas amigas estão esperando também... – diz Anne.
Um momento constrangedor fica no ar, pois Eduardo não queria beijá-la. Achava que não tinha esse direito. Anne tinha um olhar de esperança, e nesse instante os dois se despedem, dando apenas um beijo no rosto. Ele vai de encontro aos seus amigos, e ela, em busca de suas amigas.
– Olha, hein... Tu ainda com aquele papo de deixar uma mulher dessas passar – diz Léo.
Thiago elogia Anne e suas amigas, ressaltando como são bonitas. Léo cutuca Thiago e diz:

– Se não fôssemos amarrados, daria até pra formar certinho. Tem até um "amigo" ou "amiga" para o Gabriel – zoa Léo, referindo-se a Yago.

Todos começam a rir, menos Gabriel. Thiago o abraça e consola, brincando.

– Vocês são malucos, não consegui nem para mim. E as mulheres de vocês me matariam se soubessem disso – diz Eduardo.

Quando Anne se aproxima de suas amigas, Thati diz:

– Até que não é de se jogar fora, olhando de perto.

– Viu como caíram um por cima do outro? Homens, todos iguais quando estão apaixonados – diz Yago.

– Ai, nem me lembre, Yago. Finge que isso não aconteceu – pede Anne sorrindo.

Camilla sorri. Elas brincam entre si. Nesse meio-tempo, Camilla pergunta baixinho para sua amiga, pois Anne não havia contado a ninguém mais que podia ouvir os pensamentos de Eduardo:

– E aí? Conseguiu ouvir algo?

Anne, frustrada, responde:

– Não... Ele nem sequer me beijou.

– Que triste! Será que ele ficou com vergonha? – questiona Camilla, baixinho.

– Espero! – responde Anne.

Sexta-feira, 18h20

O sol ainda radiava devido ao horário de verão. Eduardo não queria se atrasar, por isso chegou o mais cedo que pôde, o que coincidiu com o horário marcado. Era um condomínio fechado, e a entrada só era permitida com a autorização de quem morava ali, aparentemente pessoas de alto poder aquisitivo. Parado na entrada, ele liga para Anne e diz:

– Oi, Anne. Tudo bem? Bom... Acho que me perdi.

– Onde você está? – pergunta Anne.

– Estou de frente para o endereço que você me deu. Mas é um condomínio fechado e você não me disse que morava em condomínio, então só posso estar no local errado.

– Não. Está certo. Me espera na portaria que em dois minutos estou aí – diz Anne.

Dois minutos exatos se passam, e Eduardo vê um Volvo xc60 preto.

Só falta ela ser dona desse carro também, pensa Eduardo.

Anne desce da parte do carona com um shorts jeans, uma blusa branca que mostrava a união de seus seios e uma sapatilha esporte. Eduardo, enquanto repara na roupa dela, se pergunta quem é que está dirigindo. Os dois sorriem, mas logo em seguida o sorriso de Anne murcha ao ver que Eduardo tem uma moto.

– Ahhh... Uma moto – diz Anne, com um sorriso desaprovador.

Eduardo tem um estalo e percebe que não havia comentado isso com ela.

– Como pude esquecer... – lamenta Eduardo.

– Como eu também não te disse que morava em um condomínio, dessa vez passa. Vou confiar em você – diz Anne, brincando com Eduardo.

Anne se despede de Camilla. Mas, antes de ir embora, Camilla diz a Eduardo, de uma forma provocativa à amiga:

– Opa... Que motão, hein!

– Obrigado – agradece Eduardo, com um sorriso.

– Viu, amiga! Ele é tão bem-sucedido quanto você! – diz Camilla, provocando Anne e deixando Eduardo sem graça.
– Cala a boca, Milla – diz Anne, constrangida.
Camilla sai com o carro cantando pneu. Eduardo faz uma cara de que está boiando e dá um capacete para Anne.
– Não liga pra ela – diz Anne, enquanto sobe na moto.
Eduardo liga a moto e acelera cuidadosamente, pois Anne claramente mostrou que não se sentia confortável. Antes de pegarem a estrada, Anne pergunta:
– Então... Para onde vamos?
– Você verá... – diz Eduardo misteriosamente, com um sorriso no rosto.
Espero que não seja para um motel, pois não vai rolar, reflete ela.
– Confia em mim?
– Tenho que confiar, né!? E também não é bom ofender a pessoa que está nos carregando em uma moto – diz Anne, de forma irônica.
Após vinte minutos, eles chegam ao local. Pedra de Guaratiba. Eduardo ia pelo menos uma vez por mês, entretanto, não aparecia por lá desde que começou a se envolver com Patrícia.
– Já chegamos? – pergunta Anne, segurando bem firme na cintura de Eduardo.
– Sim. Normalmente é mais rápido quando não tenho que ir tão devagar – diz Eduardo, sorrindo.
– Devagar? Você não veio devagar – diz Anne.
– Não vim devagar se comparado com um jabuti.
– Jabuti?
– Mesma coisa que tartaruga – responde ele.

– Você não pode simplesmente dizer tartaruga?
– É porque tartaruga é só a marinha, entendeu?
– Uhm! Entendi, senhor sabe tudo! – ela debocha.
– Não que eu esteja reclamando, mas já pode soltar minha cintura, se quiser – brinca Eduardo.

Eduardo encosta a moto para poderem seguir a pé. Ele segura na mão de Anne, o que o faz levar um choque, mas consegue controlar a reação e diz, brincando com Anne:

– Não adianta ficar me dando choque. Eu não vou te soltar.

Anne sorri e aperta mais forte a mão de Eduardo, começando a ouvir os pensamentos dele. Ela fica em silêncio e escuta algo que ainda não tinha ouvido. No fundo de sua mente, uma voz feminina, serena, cantando em inglês. Anne não conseguia entender claramente o que dizia, mas ficou impressionada, pois as batidas soavam em seus ouvidos como se os instrumentistas estivessem ao seu lado. Ao mesmo tempo, Anne podia ouvir Eduardo pensar nela, o que a fez sorrir.

Quanto tempo! Até fizeram uma ciclovia aqui, pensa Eduardo.

Ao ouvir, Anne rapidamente pergunta:
– Você vem sempre aqui?
– Está me cantando? – pergunta ele, brincando.
– Não... É que...
– Só estou brincando. Na verdade eu morava aqui, e de vez em quando eu venho aqui pra relaxar e matar as saudades – esclarece ele, sorrindo.
– Até que o lugar é bem bonito... simples e bonito! – comenta ela.

Ainda bem que ela gostou... Se ela não gostasse daqui, nem ia rolar, pensa, sem nunca imaginar que ela está ouvindo.
– Gostei muito desse lugar! – comenta ela rapidamente.
– Sério mesmo?!
– Sim, é muito tranquilo.
Eles andam na rua em direção ao píer, enquanto crianças se divertem e os adultos conversam, sentados em frente aos portões de suas casas. Enquanto caminham, algumas pessoas cumprimentam Eduardo.
– Você é famoso, hein? – brinca Anne.
– É porque eu cresci aqui – responde ele.
Eduardo e Anne seguem caminhando à margem da praia. As ondas quebram à frente deles. Os pescadores passam em seus barcos, terminando mais um dia de serviço. Era possível ver alguns peixes na água.
Não acredito que a trouxe aqui. Bom... ela parece ser diferente, pensa Eduardo, de uma forma distraída.
– Diferente? – questiona Anne ao ouvir seus pensamentos.
– Diferente o quê? – pergunta Eduardo, confuso.
– Diferente! Esse local... Bonito e diferente... – gagueja Anne, enrolada.
– É sim – diz Eduardo, enquanto olha nos olhos de Anne.
Definitivamente diferente, pensa Eduardo.
É difícil separar o que é pensamento e o que está realmente sendo falado por ele. Eu também espero que você seja diferente, ela pensa.
As aves sobrevoam o casal, o vento faz o cabelo de Anne se mexer suavemente, fazendo-o ficar mais bonito do que já é. Eduardo não consegue disfarçar o quanto está ficando apaixonado, pois olha para ela fixamente. *Caramba, como*

ela é linda... E que corpo... Ela é perfeita!, divaga. Anne, sem graça com o pensamento, disfarça:

– Você disse que não vinha aqui há um bom tempo, mas não disse por quê – diz ela.

– Verdade. É que teve uma época em que eu não pude sair muito, devido a uns *freelances* que eu andei fazendo e também trabalhando em um projeto pessoal – explica ele.

Também porque, se saísse, a maluca da Patrícia poderia mandar alguém para me sequestrar de volta, pensa Eduardo.

Mentiroso!, murmura Anne em pensamento.

Um senhor sai de um dos barcos e se aproxima. Pedindo licença, diz:

– Há quanto tempo você não vem aqui, Eduardo!

Eduardo se surpreende ao ver o senhor e aperta sua mão.

– É. Eu andei meio ocupado – explica ele.

– Mas você está bem, rapaz? – pergunta o senhor.

– Estou sim, obrigado!

– E essa menina linda? Sua namorada? – pergunta o senhor.

– Namorada! Talvez essa resposta dependa dela – diz Eduardo, jogando a responsabilidade da resposta para Anne, que fica vermelha e sem graça.

– Bom. Pelo menos você nunca trouxe ninguém aqui. Sempre gostou de vir sozinho – diz o senhor.

– É... Verdade – confirma Eduardo.

Eduardo olha para Anne e vê que ela esboça um leve sorriso tímido.

– Você é muito bonita mesmo – elogia o senhor.

– Ah... Obrigada – agradece Anne, timidamente.

– Vejo um casamento vindo, assim como olho para o céu e sei que vai chover. Bom, eu tenho que ir, senão esse pessoal não amarra os barcos direito – ele se despede, deixando Anne e Eduardo sem graça.

— Ah... Tudo bem. Se cuida! – diz Eduardo, observando o senhor se afastar.

— Eduardo! – exclama Anne.

— Oi.

— Ele já foi. Você já pode ficar mais calmo e parar de apertar minha mão!

— Me desculpe! Eu machuquei você? – pergunta ele, preocupado.

— Se apertasse mais um pouco...

— Me desculpe mesmo!

— Tudo bem.

O senhor, já a uma pequena distância, olha para Anne e diz com um sorriso:

— Cuida bem dele.

— Pode deixar – responde Anne, também com um sorriso.

Após o senhor sumir de vista, Anne pergunta a Eduardo:

— Nunca trouxe ninguém aqui, é?

— É... Normalmente venho aqui sob situações especiais – responde Eduardo.

— E eu sou uma dessas? – indaga Anne, novamente.

— Hum... Sim. Eu sei que você deve receber muitos elogios de homens o tempo todo e que eu posso estar sendo apenas mais um cara com uma cantada barata pra cima de você, mas quero que acredite que eu não falaria isso apenas para tentar te convencer, porque eu detesto bajulação, mas esse momento está sendo especial, sim – declara, perdido em seus olhos azuis.

– Foi por isso que você não me ligou nem me beijou quando nos encontramos no centro? Você não queria me bajular? – indaga, com um olhar intimidador.

Eduardo responde sem graça que sim e fica surpreso com essa linha de raciocínio de Anne.

– Obrigado por me compreender! Venha! Vou te mostrar uma coisa. – Ele corre em passadas largas em direção à ponta do píer, puxando Anne.

Ela é muito linda! Eu quero me casar com ela... Como posso estar gostando e querendo me casar com alguém que nem sei o sobrenome?, questiona-se ele em seus pensamentos.

– Brito – responde Anne instintivamente.

– Hã? O que disse? – indaga Eduardo, confuso.

– Brito. Anne Afonso Brito. Meu nome completo – responde Anne, disfarçando.

Eduardo olha para ela, sem entender nada, e Anne completa:

– Havia esquecido que nem lhe disse qual era meu sobrenome.

– Ah, tá... Eduardo Lemos de Sá. Esse é o meu.

Anne dá um sorriso sonso. Eduardo diz:

– Estranho, hein. Estava pensan... – dizia Eduardo, quando foi interrompido com um longo beijo.

Eduardo segura em sua cintura e pensa: *Ela sempre faz isso comigo. Me beija do nada.*

Cacete! Tenho que tomar mais cuidado!, se cobra Anne em seus pensamentos.

– Você não vai se arrepender de ter me trazido aqui, Eduardo – comenta ela.

– Eu sei que não – responde ele, positivamente.

Eduardo segura o queixo de Anne com sua mão esquerda, enquanto envolve a cintura dela com a outra. Porém, é impedido por Anne, que segura sua mão para ouvir seus pensamentos. Ao tocar em Eduardo, Anne sente o corpo dele tremer. Havia lhe dado mais um choque.

Será que ela achou que eu ia apertar a sua bunda? Se bem que eu estou louco para apertá-la.

Nesse instante, Anne, astutamente, põe a mão direita de Eduardo em sua cintura, fazendo-o sorrir, enquanto se beijam.

Acho que ela só queria me dar choque mesmo. Espero que ela não seja masoquista, como o Thiago disse.

Anne não se aguenta e começa a rir.

– O que foi? – pergunta ele, querendo entender o que houve.

– Não... Não foi nada. Só estou feliz de estar aqui – diz Anne, tentando controlar suas risadas.

– Que bom!

Quando finalmente chegam ao final do píer, Eduardo segura nas mãos de Anne.

– Então... O que você quer me mostrar? – pergunta Anne, com um leve sorriso.

– Observe!

Anne começa a reparar nas ondas que quebram nas pedras, nas aves que voam em direção ao morro, nos barcos distantes sumindo no horizonte, no vento que trazia a maresia e desvencilhava os seus cabelos loiros cheios de cachos. O sol começa a se pôr de forma majestosa, lançando seus últimos raios em direção ao casal.

– Eu não tinha essa visão maravilhosa desde que eu tinha... meus dezessete anos... – diz Anne, maravilhada.
– Fico feliz que tenha gostado.
Eduardo abraça Anne e a beija apaixonadamente, fazendo aquele beijo parecer o primeiro. Ela segura em sua mão e escuta a mesma música, mas dessa vez ela estava muito mais alta em sua mente, fazendo-a identificar a cantora.
É Dido. Só pode ser Dido! Tenho certeza! Se eu não me engano, essa música foi trilha sonora daquele filme... Simplesmente amor. É esse filme, sim! É até com o gato do Rodrigo Santoro. Será que ele já está se apaixonando por mim?, questiona-se surpresa, enquanto Eduardo a beija.
Nunca senti isso antes. Será que já é am... Ah, é melhor eu não me precipitar, pensa Eduardo.
Anne, ao ouvir os pensamentos dele, não consegue controlar seus sentimentos. Seus olhos se enchem de lágrimas a ponto de elas escorrerem por seu rosto, o que faz Eduardo perguntar-lhe se está tudo bem. Ela responde:
– Sim... Está tudo bem, essa lágrima é de felicidade. Estou feliz por você ter me trazido aqui.
– Não... Está tudo bem. Pode ficar à vontade. Eu também estou muito feliz por você estar aqui.
Essa garota é doida. Uma hora está sorrindo e na outra está chorando. Se ela está assim com uns beijos, imagine quando eu a comer, vangloria-se Eduardo.
Anne puxa sua mão rapidamente, com raiva, ao ouvir os pensamentos dele.
– O que aconteceu? Te machuquei? – pergunta preocupado.
Ridículo! Se ele acha que vai conseguir me comer, está muito enganado, pensa Anne.

– Quero ir pra casa. Já está tarde – pede ela.
– Não... Tudo bem, mas o que aconteceu? Você está passando mal? – pergunta ele, preocupado.
– Não é nada. Eu sou assim mesmo. Daqui a pouco passa.
Anne começa a andar em direção à margem, e Eduardo aperta a passada para poder alcançá-la. Ao chegarem à moto, Anne pega o capacete e espera Eduardo subir. Ao subir, os dois partem sem dizer nenhuma palavra. Anne, para quebrar o gelo, diz:
– Você pode ir devagar, como na vinda?
– Eu nem estou indo rápido – diz Eduardo, curtamente.
Eduardo diminui ainda mais a velocidade da moto. Eles chegam ao portão do condomínio.
– Enfim chegamos – ironiza ele, devido à velocidade lenta.
Anne desce da moto e entrega o capacete a Eduardo.
– Não... – diz Eduardo, recusando a entrega.
Anne não entende. Eduardo completa:
– Se você devolver, significa que nunca mais vamos nos ver. Se você guardar, significa que você é doida e vai querer sair comigo novamente.
Anne sorri, abraça o capacete e diz:
– Talvez eu até seja um pouco doida.
Ela dá um beijo de despedida em Eduardo, que sorri, liga a moto e parte em alta velocidade. A moto faz um estrondo com a aceleração. Anne muda de humor rapidamente e grita:
– Você é maluco!
Anne entra no condomínio e cumprimenta o porteiro, que nunca a havia visto tão radiante.

Ao entrar em casa, Anne encontra Camilla toda animada querendo saber como tinha sido o encontro. Sorrindo, ela abraça a amiga ao vê-la entrar com o capacete nas mãos.

– Pelo visto foi bom, hein! – comenta Camilla, abraçando Anne.

Anne não está mais com a cara boa, e Camilla pergunta:

– Mas o que aconteceu?

– Ah... Nada – responde ela.

– Nada... Então por que você está com essa cara? Já que trouxe até o capacete pra casa – indaga Camilla.

Anne se joga no sofá, chutando suas sapatilhas para longe, e começa a explicar.

– Foi bom. Nunca me senti tão bem, mas...

– Mas...? – interroga Camilla.

– Mas eu ouvi uma coisa que não gostei.

– O que ele disse? – pergunta Camilla, curiosa.

– Não é o que ele disse, e sim o que pensou – diz Anne.

– Tanto faz, diz logo! – insiste Camilla.

– Ah... Ele pensou sobre me comer.

– Ah! É por isso que você está assim?! Anne, é normal que os homens sejam mais prepotentes em seus pensamentos do que realmente são – aconselha Camilla.

– É... Mas eu não gostei, e pedi para que me trouxesse pra casa.

Camilla abraça a amiga e diz:

– Você vai desistir dele?

– Não sei... Não! Não vou – afirma Anne.

– Mesmo sabendo que ouvirá coisas desse tipo, você não vai desistir? – questiona Camilla.

Anne fica pensativa por um instante, seus olhos se enchem de lágrimas.

– Eu quero tentar. Eu sinto que ele é o homem com quem eu quero passar o resto da minha vida – declara Anne, emocionada.

– E se ele pedir aquilo que você negou ao Rodrigo? – indaga Camilla, franzindo as sobrancelhas.

– Bom... Eu estou um passo à frente dessa vez. Saberei se ele realmente quer algo sério comigo ou se quer apenas me comer, quando estiver mentindo, se me traiu, se está satisfeito com o relacionamento... – esclarece Anne, orgulhosa.

– Você diz... enquanto estiver segurando a mão dele. Você acha que ele vai ficar satisfeito em continuar com a única mulher no mundo que consegue ler a mente do namorado? Ficante... Sei lá. Porque ele vai acabar sacando uma hora ou outra – aconselha Camilla, com um olhar interrogativo.

Anne ouvia atentamente os conselhos de sua amiga. Então, ela se levanta, pondo a mão na cabeça, desesperada.

– Droga! Já dei o primeiro! – berra ela.

– Como assim? Já deu mole? – pergunta Camilla

Anne começa a explicar o que tinha acontecido.

– Ele disse... Bem, não chegou a dizer, mas... Deixa pra lá. É que ele nunca havia levado ninguém até o píer. E não queria que eu fosse igual a uma tal de Patrícia. Aparentemente, ela o controlava. Enfim, ele não quer que eu faça o mesmo – explica ela, com as pálpebras bem abertas.

– Não entendi merda nenhuma, Anne!

– Bem... Deixa eu te explicar melhor. Ele pensou desta forma: "Ela é muito linda! Eu quero me casar com ela... Como posso estar gostando e querendo me casar com alguém que nem sei o sobrenome?". Então, sem querer, eu disse meu sobrenome. E ele não entendeu nada. E quando me perguntou o porquê de eu ter dito, eu o beijei – esclarece Anne.

Após ouvir tudo, Camilla não consegue se controlar e começa a rir. Anne a encara, sem ver graça, e Camilla diz:

– Desculpe... É que eu não aguentei...

Camilla volta a rir, deixando Anne irritada.

– Você é muito burra! – debocha Camilla, em gargalhadas.

– Ah... para! Se você continuar me zoando, eu não vou mais te contar nada! – grita.

Camilla, antes mesmo de dizer algo, tem outro ataque de risos, o que faz Anne se irritar e se trancar no banheiro. Camilla vai em direção à porta e diz:

– Amiga... desculpa.

Quando Anne abre a porta do banheiro, Camilla não aguenta e começar a rir novamente. Anne fecha a porta irritada e vai tomar um banho. Ao sair, de camisola, Anne se senta em sua cama. Camilla se aproxima com um sorriso, e Anne diz:

– Não estou nem de graça com você.

– Parei com a brincadeira... Ele está tão apaixonado que já quer se casar?

– Parece que sim...

– E você se casaria com ele?

– Não nos conhecemos direito ainda, mas acho que sim.

– Vou te ajudar, mas não acostuma não – diz Camilla, animada.

– Como? – pergunta Anne.

– Para você entender a mente de um homem, tem que tentar entender como a mente masculina funciona. Amanhã é meu dia de folga. Podemos ir à livraria Travessa para comprar uns livros de psicologia masculina – responde Camilla.

Anne dá um abraço em Camilla, dizendo:

– É por isso que eu não paro de falar com você. De vez em quando diz algo que presta.

Livraria

Camilla e Anne estão na livraria. Passeando entre os corredores, olhando os livros. Anne está atenta a cada um que avista e fica em dúvida sobre quais levar. Camilla, por outro lado, pega todos que consegue carregar, indiscriminadamente.

Enquanto escolhem livros, elas percebem que um homem as encara com um olhar sedutor, enquanto também escolhe alguns livros.

– Ali, Anne. Até que ele é um gato. Lembra até o Bradley Cooper – sussurra Camilla.

– Ele é bonito, mas não precisa exagerar. E, além do mais, eu já tive minhas experiências com homens bonitos – fala Anne.

– Ele está comprando livros de engenharia, Anne. Será que ele é engenheiro? – indaga Camilla.

– Bom... Ninguém compra livros de engenharia à toa. Ele deve estar cursando, ou trabalha na área – explica Anne.

– Hum... Ele é engenheiro, e você, arquiteta... Até que dariam um ótimo casal – brinca Camilla.

– Começa não! Se você não ficar quieta, eu vou jogar esses livros em você e vou embora – fala Anne.

— Ihhhhh... Sua chata! Não pode nem mais brincar – diz Camilla.

— Peraí... Mas você está solteira. Se quiser, posso falar com ele pra você – propõe Anne.

— Não... Deixa pra próxima. Estou muito bem assim – fala Camilla.

— Ah, tá. Eu, que estou enrolada, posso dar em cima de um cara que eu nunca vi na vida, mas você, que está solteira, não? – ironiza Anne.

— Deixa quieto! – responde Camilla.

— Você pensa que é esperta – brinca Anne.

Elas pagam os livros e saem em risos da livraria.

Como estava calor, as duas decidem parar em uma lanchonete. Elas se sentam, e nesse instante o telefone de Anne toca.

— Que isso, hein... Tá badalada! – fala Camilla, enquanto arruma suas bolsas no chão.

Anne atende:

— Eduardo? Pode falar.

— *Anne... Um amigo fará um churrasco amanhã na casa dele, e... Você quer ir comigo?* – pergunta Eduardo.

— Claro! – confirma Anne, animada com o convite.

Ele convida Camilla, mas ela recusa, pois tinha que ir à casa de uma amiga. Anne diz que irá e marca o horário para ele ir buscá-la.

Domingo

Léo convida todos os seus amigos para um churrasco e banho de piscina, como sempre fazia uma vez por mês em sua casa, situada no bairro da Taquara. A casa estava cheia.

Havia mais gente do que o normal, pois a esposa de Léo havia chamado suas amigas, e estavam todas de biquíni na piscina – fazia um calor infernal. Eduardo chegou por volta das onze horas com Anne. Ao descerem da moto, Eduardo segura na mão esquerda de Anne, mas, ao contrário do que costuma acontecer, não leva um choque, e Anne fica frustrada ao notar que não está ouvindo os pensamentos dele. Ela se sente como uma cega sem bengala, ficando sem entender o fato de às vezes ele não levar choque, não podendo, assim, ouvir seus pensamentos em momentos tão oportunos. Tinha lido em um dos livros que os homens se soltam mais em seu ambiente natural. Ela começa a refletir:

Por que todas as vezes que Eduardo segura minha mão esquerda ele não leva choque e eu não consigo ouvir seus pensamentos? Será que ele só leva choque quando segura minha mão direita?

Anne solta a mão direita de Eduardo e segura em sua mão esquerda, fazendo com que ele leve um choque. Ele diz "ai", mas se controla para ninguém notar. Anne pede desculpas e lhe dá um sorrisinho.

Está cheio de gostosas aqui hoje! O bichinha do Léo nem para me avisar que a mulher dele ia chamar as amigas, assim eu levaria a Anne para outro lugar, vai que ela fica com ciúmes, escuta Anne os pensamentos de Eduardo.

– Oi, Dudu – diz Amanda, esposa de Léo.

– Oi, Amanda.

– O Léo nem me disse que você traria uma namorada – indaga ela, surpresa ao ver Anne.

– Ele é foda – responde Eduardo. – Esta é Anne, minha namorada.

Anne lança um olhar de surpresa para ele e não consegue disfarçar sua reação de espanto ao que Eduardo acabara de falar.

– Anne, esta é Amanda, esposa do meu amigo Léo.

– Ah! Oi, como vai?

– Não me diga que ela te olhou assim porque nem ela sabia que vocês estavam namorando? – indaga Amanda.

– Parece que não – ele responde sorrindo, olhando para Anne.

Anne e Amanda se cumprimentam com beijos no rosto.

– Léo está lá dentro com o Gabriel, o Thiago e os outros rapazes. Pode ir lá, deixe a Anne aqui com as mulheres! – diz Amanda, sorrindo.

– Deixa apenas eu apresentá-la aos rapazes, e já a trago de volta. Ela ainda não os conhece – explica Eduardo.

Anne diz baixinho e rapidinho, no ouvido de Eduardo, para ele não deixá-la sozinha com elas. Ele responde que vai tentar, pois Amanda era muito insistente. Eles entram, e está o maior falatório. Quando eles veem Eduardo e Anne, o silêncio paira. Anne fica sem graça quando percebe que todos a estão observando e solta a mão de Eduardo, depois a aperta novamente, fazendo ele levar um choque na frente de todos, com uma careta estranha. Todos começam a rir de Eduardo, rompendo o silêncio. Anne lhe pede desculpas, e ele diz que tudo bem.

– Galera, esta é Anne, minha namorada!

Eles dizem "olá" para ela e lhe pedem desculpas por rirem de Eduardo. Anne dá um "oi" para todos, fazendo um gesto com sua mão esquerda, e diz "sem problemas". Alguém então surge no corredor que ligava a sala aos demais cômodos do primeiro andar, tipo desfilando em uma passarela com um biquíni rosa com pequenas florzinhas, uma pele clara, semiqueimada do sol do dia anterior, com seios médios e redondos, pressionados pelo sutiã, com olhos azuis como o da piscina, cabelos negros e sedosos até a cintura, com um corpo malhado e a aparência de uns 22 anos. Ao chegar à sala, ela rouba a atenção que estava em Anne. Até mesmo a atenção de Eduardo, que não consegue conter seus pensamentos, a ponto de dizer:

Caralho! Quem é esse filé? Que gostosa! Será que é a irmã da Amanda que ela disse que ia me apresentar? Deixa eu me controlar...

Anne então lhe dá uma cotovelada na costela, instintivamente, ao ouvir seus pensamentos de elogios à tal mulher de biquíni. Ele grita "porra!" em seus pensamentos e se segura, aproveitando que todos que estavam na sala não viram, pois estavam distraídos olhando para a mulher de biquíni. Ele se vira para ela e pergunta o que tinha sido aquilo. Léo grita:

– Cunhadinha!

Anne pede desculpas a Eduardo e diz que foi apenas um espasmo, e que às vezes acontece isso com ela. Eduardo diz que entendeu, mas desabafa em seus pensamentos:

Ufa! Pensei que ela tivesse notado que eu olhei para o filé.

Amanda entra na sala e apresenta a estranha ao casal, que ainda não a conhecia.

– Eduardo e Anne, esta é minha irmãzinha caçula, Juliana.

Juliana beija o rosto de Eduardo em cumprimento, dizendo "prazer". Porém, a menina apenas aperta a mão de Anne, deixando-a com muita raiva, a ponto de Anne chamá-la de vadia em pensamento por não ter apertado apenas a mão de Eduardo, também. No entanto, Anne não deixara transparecer, dando um sorrisinho sem graça de volta.

Anne segura a mão de Eduardo novamente, que havia se soltado para apertar a mão de Juliana. Ele segura firme para não demonstrar que levou um choque. Amanda chama Anne para tomar banho de piscina com as demais mulheres, mas Eduardo diz que ela não trouxe biquíni. Amanda insiste, dizendo que Anne podia pegar um biquíni seu emprestado.

Duvido que ela vá tomar banho de piscina, sendo tímida como é. Ela deve ter vergonha de mostrar esse corpo maravilhoso na frente de todos, pensou Eduardo.

Anne, ao ouvir os pensamentos de Eduardo, resolve aceitar o convite. Amanda a leva para o quarto. O falatório continua na sala após a saída das mulheres.

– Que filé essa cunhada do Léo, cara – comenta Gabriel.

Eduardo pede para que Gabriel fale baixo. Léo confirma que era ela quem ele colocaria na fita de Eduardo, mas que não colocaria mais, já que ele estava com Anne. Eduardo responde, dizendo que Léo estava maluco, pois há três semanas ele tinha dito isso e, desde então, não tinha comentado mais nada. Léo, malandramente, muda de assunto, dizendo:

– Cara, ela te dá choque mesmo! Agora que eu vi! Ela já deu choque no seu p…

Léo segura o que estava prestes a falar. Toda a sala fica em silêncio. Anne sai do quarto com Amanda, usando um biquíni preto e pequeno, que evidencia bem sua pele branca e rosada, com seios médios e uma bunda grande e definida. Amanda pega nas mãos de Anne e a faz rodar, mostrando seu corpo, deixando-a sem graça na frente dos rapazes presentes. Amanda diz na frente de todos que ela está maravilhosa e que Eduardo tinha de cuidar bem dela. Eduardo responde que cuidaria bem dela sim, e fica com cara de bobo ao ver seu corpo de biquíni. Amanda leva Anne até a piscina para ficar com as outras mulheres. Todos os rapazes começam a olhar para Eduardo, que está com cara de quem ganhou na loteria.

Após um tempo com os rapazes, Eduardo tira a camisa e coloca um short para se ajuntar a Anne na piscina. Enquanto ele caminha, Anne repara em seu corpo, pensando consigo mesma:

Ele nem é forte, mas é tão sarado e tem um corpo tão definido, que está me fazendo ficar com a boca cheia d'água.

Ele mergulha e sai perto dela, que estava sentada à beira da piscina.

– Por que está me olhando assim? Não está pretendendo me dar um choque dentro da água, está? – pergunta ele, ao vê-la olhando para ele intensamente.

– Não é uma má ideia, mas não é por isso. Eu estou olhando esse seu corpo gostoso e me perguntando se ele será só meu – responde Anne, deixando Eduardo sem graça e sem palavras, como quem não esperava ouvir aquilo.

– Só se você me prometer que me dará um de seus órgãos internos!

– Hã! Como assim? Você está precisando de um transplante de órgãos e eu não sei? – questiona ela como quem não entendeu.

– Não! Estou falando do seu coração! – diz Eduardo, olhando nos olhos cinza-azulados de Anne, devido ao azul do céu refletido na água.

– Se for só isso, então este corpo é só meu – diz Anne em seu ouvido e lhe dá um beijo intenso.

Eduardo pergunta se ela quer beber algo; ela responde que sim. Juliana então se aproxima de Anne e diz:

– Sabia que, se você e Eduardo não tivessem se conhecido, nós poderíamos estar saindo agora?

– Não sabia...

– Minha irmã disse que ela e Léo tinham um amigo que estava solteiro já há um tempo, que era legal e que tinha uma motona. E cá pra nós, com um corpo desse e uma moto dessas, eu daria pra ele fácil – diz Juliana.

– Eu me interessei por ele sem saber o que ele tinha, você sabia? – pergunta Anne, olhando com desprezo.

Amanda chega, interrompendo o assunto.

– Anne, como uma arquiteta, o que você acha desta casa? Ela foi bem-desenhada?

– Apesar de não tê-la visto por completo, eu gostei. É bem bonita. Vocês mandaram construir ou já compraram pronta?

– Já compramos a casa pronta, mas somos os segundos donos dela.

– Legal! Um projeto de uma casa assim está custando uns 30 mil reais.

– Nossa! Ainda bem que já compramos pronta! – diz Amanda, rindo.

– Eu quero morar em uma casa desenhada por mim mesma quando me casar.

– Uh! Que chique! Terá apenas que comprar um terreno para construir – diz Amanda.
– Eu já tenho um.
– Que legal, e onde fica? – pergunta Amanda, curiosa.
– Fica no Recreio. Tem duzentos metros quadrados e fica próximo à praia – conta Anne, antes que Amanda lhe perguntasse mais alguma coisa.
– O que você acha do projeto do Eduardo e dos meninos? – pergunta Amanda.
– Não sei, ele ainda não me falou sobre nenhum projeto ou expectativa de vida, ainda estamos nos conhecendo – diz Anne, com ar de defesa.
– Me desculpe! Eu não quis ser inconveniente... É que ele conta isso pra todos, pra saber a opinião das pessoas. Ele ama tanto esse projeto, que até vai sair do emprego para se dedicar a ele – conta Amanda, mais do que devia.

Eduardo e Léo se aproximam. Eduardo, ao entregar a bebida a Anne, a escuta dizer:
– Ele me contará quando achar que chegou a hora certa – ela diz, olhando para ele com um sorriso.
– Hora de contar o quê? – pergunta ele, querendo entender do que ela falava.
– Me desculpe, Eduardo. Eu acabei perguntando se ela já conhecia seu projeto, mas acabei falando demais – Amanda tenta se explicar.
– Tu é foda, hein, Amanda! Tem que abrir o bico! – diz Léo, repreendendo Amanda.
– Eu não fiz por mal.
– Não tem problema! Isso não é nenhum segredo. Ela só não sabia porque ainda estamos nos conhecendo. Na

verdade, não sabemos nada da vida um do outro ainda, mas com o tempo saberemos.

Anne sorri para ele e diz que concorda. Léo diz para ela não ligar para Amanda, que às vezes ela fala demais. Anne responde que está tudo bem.

Algumas horas depois

Eduardo e Anne se despedem de todos, pois uma tempestade estava por vir – devido ao calor feito – e Eduardo sabia que não poderia correr com Anne na garupa. A chuva começa a cair no meio do caminho e Eduardo acha melhor levá-la para sua casa. Ela concorda, pois havia muitos raios. Ele diz para ela se segurar e acelera, andando com um pouco mais de velocidade, fazendo o motor da moto berrar. Quando chegam ao portão, a chuva cai de vez. Eles correm, procuram refúgio na varanda e começam a rir. Eduardo pede que Anne espere e diz que vai pegar uma toalha para ela não entrar toda molhada na casa. Ele começa a secá-la e lhe pede desculpas por ter uma moto, e não um carro. Ela responde que está tudo bem e que, se ela não estivesse molhada, não teria o prazer de ser secada por ele. Ele sorri, beija Anne e a convida para entrar. Ao pôr os pés na sala, Anne diz:

– Ai, meus Deus, eu estou namorando um *nerd*.

Na sala de Eduardo havia uma TV de 42 polegadas, um videogame de última geração e muitos bonecos de vários desenhos animados em volta dela. Eduardo diz que agora é tarde para ela se arrepender. Ela responde dizendo que acha fofo e que ele não parece um *nerd*. Ele responde que as pessoas têm mania de achar que os caras que gostam de desenhos são todos uns lerdões.

Ela sorri e diz que ele não tem nada de lerdão, já que a levou para a casa dele. Ele responde que nunca fará nada que ela não deseja. Anne diz que espera que não. Então ele lhe traz uma bermuda e uma camiseta para ela se trocar, pois sua roupa estava ensopada. Ele fica de guarda na porta do banheiro e, quando ela sai, ele a agarra e a pressiona contra a parede. Ela imediatamente segura a mão esquerda dele com sua mão direita a fim de ouvir seus pensamentos. Escuta:

Eu estou tão feliz de que ela esteja aqui, espero que ela não saia daqui da maneira como saiu no último encontro. Vou oferecer-lhe algo para comer. Depois vou mostrar a ela meu projeto.

Ele a beija com muito desejo, ela retribui e se deixa levar, mas ele para.

– Você quer comer ou beber algo? – pergunta ele.

– O que tem para comer ou beber?

– É... Tem suco, tem pão, tem fruta...

– Eu aceito suco!

Ele a leva para a cozinha e ela começa a reparar em tudo.

– Até que a cozinha de vocês é bem bonitinha pra dois homens – impressiona-se.

– Venha! Quero lhe mostrar meu projeto que a fofoqueira da Amanda lhe contou antes do tempo. Vem aqui no meu quarto!

– Já quer me levar pro seu quarto, é? – brinca Anne.

– Apesar de não faltar vontade, a ideia não é essa.

Eduardo a leva até o quarto e Anne começa a reparar em tudo. Uma cama de casal, um guarda-roupa de tamanho médio, ar-condicionado na parede, mesa do computador com um monitor gigante e um pôster na parede de um desenho estilo super-herói, escrito "O Albino".

Ele pede para ela se sentar em sua cama e diz que seu grande projeto é uma história em quadrinhos que ele vinha trabalhando desde sua juventude, chamada *O Albino*.

Eles conversam durante uma hora e meia sobre isso e Anne fica maravilhada com o projeto e com a alegria de Eduardo por estar fazendo o que gosta.

Ele acessa o site Vagalume e coloca na *playlist* da banda Keane. Ele se levanta e diz que já falou demais. Anne diz que não liga e que, por ela, o ouviria falar a noite inteira. Ele agradece, dizendo que assim ele não a deixará ir embora. Ela responde que, se pudesse, ficaria com ele a noite toda. Ele pergunta por que ela não pode, ela responde que tanto ela quanto ele trabalham na manhã seguinte.

– A chuva passou, quer que eu te leve pra casa? – pergunta ele.

– Já quer se livrar de mim? – brinca ela.

– É justamente o contrário. O meu medo é não conseguir te deixar ir embora.

– E por que você não me deixaria ir embora? – Ela segura em sua mão esquerda para ouvir seus pensamentos, dando-lhe um suave choque.

Eu preciso ir devagar com você, Anne, caso contrário me apaixonarei rápido demais! Ainda mais com você aqui na minha cama, pensa Eduardo.

– Porque eu... Eu... – diz Eduardo, hesitante.

– Fale! Está difícil de me responder? – pergunta ela no pé do ouvido dele, provocando-o.

Porque eu estou morrendo de vontade de transar com você. Há! Eu não posso falar isso para ela. O que está acontecendo com você, cara? Tá parecendo até um nerd de verdade! Desde quando é tão tímido com uma mulher?, questiona-se em pensamento.

Anne se segura para não rir ao ouvir tudo e diz:

– Já que não quer me dizer, eu não lhe darei mais nenhum beijo até que me fale.

– Não faz isso comigo, Anne!

– Eu não estou fazendo nada, é você quem está fazendo consigo mesmo.

– Tá bem! Eu falo!

– Fala bem aqui no meu ouvidinho! – diz Anne, provocando.

– Eu não posso deixá-la ir embora porque... Porque você está na minha casa, no meu quarto, na minha cama, e ainda por cima usando a minha roupa, fazendo com que eu me apaixone por você e me deixando cheio de tesão!

Após ouvir tudo isso, ela se levanta rapidamente da cama. Então ele começa a dizer:

– Viu? Por isso eu não queria dizer, sabia que você não iria gostar.

Ela se senta à mesa do computador, muda a *playlist* de Keane para Dido, coloca a música de número cinco e diz para ele:

– Quem disse que eu não gostei?

– Eu adoro essa música! Como sabia que eu gostava dela? Assim você vai me fazer ficar mais apaixonado por você! – diz ele, surpreso.

– Essa é a intenção!

Anne se joga por cima dele e começa a beijá-lo. Ela tira a camisa dele. Eduardo, por sua vez, também tira a blusa dela; ela já estava sem sutiã. Eduardo a senta em seu colo. Ela nem resiste e se deixa levar. Ele começa a chupar seus seios, que estavam com marquinha de sol, fazendo Eduardo delirar. Ela segura forte em sua mão, dando-lhe choque, fazendo todo o seu corpo tremer e se arrepiar. Ela escuta seus mais profundos pensamentos de desejo por ela.

Não faz isso comigo, Anne! Este choque está me deixando com muito mais tesão por você. Não posso nem imaginar o que vai acontecer se você colocar sua mão no pau. Esses seus seios duros com esses mamilos rosados, essa sua boca bem-desenhada e carnuda, essa sua bunda malhada e gostosa. Eu vou soltar minha mão da sua para tirar esse short e apertar sua bunda com minhas mãos. Nossa, ela mesma tirou o short, eu não acredito!, delirava em pensamento.

Ele tenta tirar sua calcinha e a joga na cama para penetrá-la, mas é interrompido.

– Para, para! – diz Anne, levantando-se rapidamente da cama e colocando o short e a blusa de volta.

– O que houve? Eu te machuquei? Pois eu nem mesmo penetrei você – pergunta Eduardo, como quem não entendeu nada.

– Não, mas ia!

– Como assim, eu nem botei meu p... Quero dizer, você nem viu ele... O que eu fiz de errado dessa vez? – pergunta ele, espantado.

– Nada... Você não fez nada de errado.

– Então qual é o problema? Me diz, Anne!
– Eduardo, eu... eu sou... virgem. É isso, eu sou virgem!
– O quê? Você tá de zoa comigo?
– Não! Eu estou falando a verdade! Eu sou virgem mesmo, por isso eu disse que você iria me machucar se penetrasse – explica-se, começando a chorar. – E quero que saiba que eu só pretendo perder a minha virgindade depois do casamento.
– Então por que você nos deixou chegar tão longe, me fazendo de idiota?
– Eu estava gostando do que estava acontecendo e é difícil para mim me segurar também, já que eu nunca fiz... Mas se você acha que eu estava apenas fazendo você de idiota, eu te peço desculpas. Pode deixar, que isso não se repetirá – responde Anne, chorando com raiva, enquanto pega seu celular para ligar para sua amiga.

Ela sai do quarto e vai até a varanda para ligar.
– Alô, amiga! – diz Camilla ao atender.
– Mila! Onde você está? Será que você poderia vir me buscar aqui em Bangu?
– Você está chorando. O que houve, amiga? – pergunta ela, preocupada ao ouvir a voz de choro da amiga.
– Depois eu te explico melhor. Eu estou no Parque Leopoldina.
– Eu estou na casa de uma amiga aqui em Bangu. Só me diz o nome da rua que o GPS do carro me leva até aí.
– É rua... – Anne fica aguardando a amiga na varanda quando vê um carro chegar e o portão automático se abrir para um Celta preto. Um homem sai do carro, vai em

direção à varanda e leva um susto ao vê-la. Ele percebe que é Anne e diz:

– Oi! Eu sou Thiago.

Ela devolve o oi, mas não consegue disfarçar o choro, fazendo Thiago perguntar se está tudo bem com ela. Ela responde que sim. Ele, então, pergunta se está tudo bem com Eduardo. Ela responde que sim, e que ele está no quarto.

– O que houve, cara? – pergunta Thiago

– Deixa quieto, cara! Depois a gente se fala! – responde Eduardo, não querendo papo.

– Cara, eu não quero me meter, mas ela está lá fora chorando – insiste.

– Já está se metendo! – responde Eduardo.

– E você não vai lá falar com ela? Ou levá-la pra casa? Você não tem medo de que ela vá sozinha?

– Ela não é maluca!

– Você já a chamou de maluca várias vezes.

Thiago escuta um barulho de carro e sai para ver. Ele vê Anne entrar no carro e nota que alguém veio buscá-la. Ao entrar, Thiago conta a Eduardo que alguém veio buscar Anne. Ele dá um pulo da cama e pergunta ao amigo quem havia buscado Anne. Thiago responde que não sabe, mas que parecia uma mulher. Ele diz que era um Volvo preto. Eduardo conclui que era Camilla, amiga dela, e então se senta novamente, mais tranquilo.

– Você está a fim de me dizer o que houve agora? – Thiago o questiona.

– Porra! Tu é chato, hein?!

– Chato? Não fui eu quem acabou de quebrar uma regra que vinha sendo respeitada por nós dois! E você deve estar muito apaixonado mesmo para trazê-la aqui – diz Thiago, decepcionado.

– Tá! Desculpa! Eu sei que errei. Foi mal mesmo! Eu vou explicar o que aconteceu.

– Ó! Se quiser, não precisa, cara! – debocha Thiago.

– Nós fomos ao churrasco na casa do Léo, como sempre vou. Lá, a Amanda acabou dando um biquíni pra ela tomar banho de piscina, o que me deixou maluco. Na hora de vir embora, eu ia levá-la pra casa, mas, como você viu, no caminho começou a chover. Daí eu a trouxe pra casa. Eu mostrei o projeto da história em quadrinhos pra ela...

– Depois você quis mostrar outra coisa, aí ela não gostou... – diz Thiago, tentando prever.

– Dá pra me deixar terminar, cara? A parada é séria! Depois disso, rolou o maior lance, ela estava deixando e gostando, mas quando eu comecei a tirar a calcinha dela... Ela deu um pulo da cama, dizendo pra eu parar, e começou a dizer que era virgem, e...

– Hahahahaha! Desculpa, cara! Não deu pra segurar – diz Thiago, ao ouvir a situação do amigo.

– Cara! É sério! Ela disse que só pretende perder a virgindade depois que se casar.

– E você não compreendeu, e era por isso que ela estava chorando? – indaga Thiago, olhando com o semblante sério.

– Porra! Eu fiquei sem... Sei lá... Eu fiquei perdido, cara.

– Você está me dizendo que ficou perdido porque você está saindo com uma mulher linda, gostosa e bem-sucedida? Uma mulher que parece estar apaixonada por você e que, além de tudo, é virgem. E que, pelo visto, só pretende te dar depois do casamento? Vamos! Me diz que foi por isso que você a deixou lá fora sozinha chorando, e que ela teve que esperar a amiga vir buscá-la pra levá-la pra casa, e que você nem mesmo despediu-se dela.

– Não, não foi por isso que eu a deixei lá fora chorando.

Ao ouvir isso, Thiago fica enfurecido e grita:

– Então você é um babaca! Um egoísta filho da puta!

– Olha como você fala comigo!

– Eu falo com você como eu quiser! Você está errado! Você só pensou no seu pau, que ficou sem gozar em mais uma mulher, Eduardo. A garota vem toda apaixonada, e você praticamente a expulsa de sua casa só porque ela é virgem. Preferiria o quê? Que ela já tivesse dado pra vários caras apenas pra poder te dar agora também e te satisfazer? – grita Thiago.

– Eu não sei o que te dizer, cara! Eu... Eu estava justamente pensando dessa forma – confessa.

Eduardo começa a chorar.

– Eu não posso acreditar que meu amigo, quem considero meu irmão, está pensando dessa maneira. Olha, cara... Nos conhecemos desde pequenos e já zoamos pra caramba juntos. Você então já teve várias experiências com mulheres... Mas se você não parar, vai acabar sozinho e sem ninguém. Aproveite essa chance que a vida está te dando, pois eu não acho que você terá a chance de encontrar outra Anne por aí – aconselha Thiago, fazendo Eduardo refletir.

– Eu nem sei se ela vai querer me ver depois dessa... Eu errei feio – lamenta Eduardo.

– É só você dizer que está arrependido e lhe pedir desculpas. Conte a verdade pra ela.

– Espero que seja tão simples assim.
– Tem que ser. Caso contrário, você ficará sozinho. Digo sozinho mesmo, até sem mim.
– Como assim, até sem você? – pergunta Eduardo, sem entender.
– Eu vou embora, cara!
– Embora pra onde, cara? Tá doido?
– Eu e a Raquel concordamos em morar juntos de uma vez.
– Caramba! De fato vou ficar sozinho... Mas eu estou feliz por vocês. Vocês já estão juntos há três anos, já estava na hora.
– Eu só ficarei preocupado com você se não estiver com Anne ao seu lado.
– Eu tentarei falar com ela daqui a pouco.
– Tenta, sim. Ela entenderá.
– Obrigado, cara, mais uma vez pelos conselhos. O que seria de mim sem você?
– Eu que não sei o que vai ser de mim sem você – diz Thiago.
– Você diz isso como se não fôssemos nos ver mais... Pode deixar que eu vou bater sempre à sua porta – brinca Eduardo.
– Assim espero.
Uma hora depois, com várias tentativas, Eduardo resmunga com Thiago:
– Cara, eu não consigo falar com ela. O celular dela só cai na caixa postal.
– É obvio que ela está magoada por hoje, cara. Amanhã ela terá que deixar o celular ligado, aí você liga. Agora me deixa dormir!

Dia seguinte, redação do jornal

– Fala, Dudu! Você vindo até aqui na minha área de trabalho, na hora do almoço... Que milagre é esse? – grita Léo, surpreso ao ver seu amigo.

– Cara... Eu preciso falar contigo – diz Eduardo, com uma voz passiva.

– Opa, pode falar. Estou comendo, mas estou te ouvindo.

– Então... – ia falando Eduardo quando foi interrompido por Léo.

– Não vai me dizer que já pediu demissão? Já sei! Tu papou a loirinha ontem, né? Seu safado! – pergunta Léo.

– Não, cara. Fala baixo! Ninguém pode saber disso – sussurra Eduardo.

– Ah, tá... Foi mal! Mas saber do quê? Que tu papou a loirinha ou que vai se demitir?

– Nem um, nem outro. Me deixa falar, cara! Eu não papei ninguém! Ela é... A Anne é virgem!

Léo cospe toda a comida, impressionado com o que seu amigo havia dito, e retruca:

– Virgem? Tu tá de sacanagem! Cara... Você é muito sortudo. Vai ter sorte assim lá na sortelândia. Uma mulher daquelas, e ainda virgem.

– Cacete! Fala baixo! – exige Eduardo.

– Peraí... Você disse que ela é virgem, ou que ela era virgem? Tipo, você mudou o *status* dela? – indaga Léo, curioso.

– Não. Ela ainda é virgem. Ontem, depois que fomos embora da sua casa, eu a levei até a minha, por causa da chuva...

– Aham... Chuva... Sei – ironiza Léo.

— Se não quiser ouvir, eu vou embora! – diz Eduardo, perdendo a paciência.

— Tá! Foi mal... Continua!

— Enfim. Eu a levei pra minha casa e a coisa esquentou entre nós. E, na hora H, ela me mandou parar, dizendo que não podia e que era virgem – conclui Eduardo.

— Ah, cara! Relaxa! Daqui a pouco ela para de fazer doce e te dá – tranquiliza-o Léo.

— Você diz isso porque não sabe da maior – Eduardo continua contando.

— Não vai me dizer que ela pensa em se casar virgem? – pergunta Léo, assustado.

— É... Exatamente isso! – afirma Eduardo, batendo com as mãos na mesa.

— Que merda, cara! Agora tu tá fudido. Cai fora logo para não tomar chave de cadeia – aconselha Léo.

— Eu estou pensando em me casar com ela – confessa Eduardo.

— O quê? Tu tá maluco? Vocês nem se conhecem direito e você já está pensando em se casar com ela? – questiona Léo, surpreso e berrando.

— E o que... que tem? – indaga Eduardo.

— O que tem? E se ela for ruim de foda? Seu casamento vai ser uma desgraça. Você se lembra daquela mulher que trabalhava aqui, que tu pegou? – questiona Léo.

— A Bruna?

— Não. Aquela branquinha, eu vivo esquecendo o nome da criatura, que geral queria pegar – diz Léo.

— A Monique?

— Essa mesma! Era toda meiguinha, gostosinha, mas era uma lesma na cama, como você mesmo disse. Tu até parou de sair com ela por esse motivo.

— Tá... E daí? – pergunta Eduardo.

— E se a Anne for igual e você só descobrir na lua de mel? – alerta Léo.

— É... Vai ser foda mesmo! – afirma Eduardo.

— Faz o seguinte: vai enrolando até tu comer. Se ela for boa de cama, você casa. Se for ruim, você mete o pé – diz Léo.

— Aí que está o problema. Ela me atrai demais. Acho que estou apaixonado – desabafa Eduardo.

— É, cara... Tu tá fudido mesmo.

O celular de Eduardo toca. Ao ver que é um número desconhecido, retira-se da sala de Léo para atender.

— Alô?

— Eduardo, aqui é a Camilla. Preciso falar com você sobre a Anne.

— Aconteceu algo com ela?

— Não. Ela está bem, mas eu preciso conversar com você, pessoalmente – exige Camilla.

— Tudo bem. Podemos nos encontrar na cafeteria, na Rua Rio Branco, aqui no centro mesmo? – propõe.

— Ok. Daqui a uma hora?

— Sim. Te vejo lá.

Eduardo chega à cafeteria cinco minutos antes de Camilla. Quando ela chega, Eduardo não a reconhece, pois ela tinha pintado o cabelo de vermelho. Ela se identifica e os dois se cumprimentam. Ele pergunta se ela quer beber alguma coisa e ela responde que aceita um suco de laranja. Ele pede a mesma coisa.

– Eduardo, primeiramente, eu não te chamei aqui pra lhe dar lição de moral ou brigar porque você magoou minha melhor amiga, mas sim porque eu quero ajudar você a fazê-la feliz. Em segundo lugar, ela nem sabe que estamos nos encontrando, mas pretendo contar quando este encontro terminar. E em terceiro, antes de desistir de ficar com ela, você precisa saber um pouco mais sobre a vida da Anne para entender o motivo de ela ainda ser virgem e querer se casar virgem. Você está disposto a ouvir?

– Sim, claro! Eu não quero desistir dela, nem quero que ela desista de mim.

– Que bom, porque, depois de ontem, hoje é sua última chance pra que ela não desista de você.

– Então me conta, meus ouvidos são todos seus – diz ansioso e preocupado.

– Anne não te contou, Eduardo, mas ela já foi noiva.

Surpreso, ele diz:

– Não mesmo! Isso é novidade.

– Pois é. Ela ficou noiva com seis meses de namoro, quando tinha 20 anos. Foi logo após a morte do pai...

– Ela nunca me disse que seu pai havia falecido.

– Ele faleceu quando ela tinha acabado de fazer 20 anos. Foi um momento muito triste na vida de Anne. Nessa época, ela, a irmã Alice e os pais moravam na Tijuca. Seu pai teve um tumor na cabeça...

– Nossa! Que tenso!

– Muito. Mas sua doença agravou-se muito mais quando eles descobriram que Alice era garota de programa...

– Que merda, hein! – exclama Eduardo, surpreso.

– Sim. Alice é cinco anos mais velha que Anne. O pai de Anne mandou Alice estudar Direito quando ela tinha 18 anos. Ela terminou aos 24, e já estava estagiando desde 21, pois era uma excelente aluna. Mas ela conheceu umas mulheres na faculdade que tinham tudo o que queriam, e o dinheiro não vinha dos pais, muito menos do estágio. Alice não tinha uma família pobre, mas queria mais para si, e seu salário do estágio do escritório de advocacia já não dava para bancar suas vaidades. Alice já não queria ser um peso para seus pais. Ela se juntou a essas mulheres e virou acompanhante de luxo. Cobrava de mil a 5 mil reais por programa.

– Eita!

– Se você acha Anne linda e gostosa, espera até ver a irmã dela. Você dirá que ela vale tudo isso.

– Prefiro nem ver, mas continua.

– Eles começaram a estranhar as coisas caras que ela estava comprando, pois seu salário não era compatível. Eram muitas viagens aos fins de semana a trabalho, bônus altos, muitas ligações e saídas no meio da noite. Ela nunca apareceu com um namorado desde que entrara na faculdade. Mas a gota d'água foi quando ela ganhou um apartamento avaliado em um milhão, em Ipanema. Sua mãe a deixou à vontade quando ela entrou na faculdade e quase não participava de sua vida, pois, quando não estava cuidando do marido doente, estava fazendo compras em um shopping para esquecer os problemas. Os pais dela ficaram muito tristes ao saber que ela não era virgem e que ainda passava na mão de vários homens. Seu pai não aguentou o golpe. Depois dessa notícia, sua doença se agravou, deixando toda a família arrasada. Seus pais esperavam casar suas filhas virgens, devido ao fato de eles terem se casado dessa forma. Ele, antes de morrer, fez Anne prometer que não seguiria a irmã, e que se casaria virgem. Anne prometeu a ele, e por isso pretende cumprir a promessa.

– Nossa, que tenso! – comenta.
– É sim, mas ainda não acabou – continua ela.
– Como assim? O que mais pode ter de ruim?
– O motivo de ela não ter se casado, que, na verdade, é o motivo do nosso encontro...
– Não precisa ter pressa. Pode falar com calma, eu tenho todo o tempo do mundo.

Camilla continua:
– Após a morte de seu pai, Anne ficou muito deprimida e quase perdeu um semestre na faculdade. Então eu a convidei para malhar, para ver se ela esquecia um pouco tudo o que tinha acontecido. Na academia ela conheceu Rodrigo. Foi fácil pra ele se aproximar dela, pois ela estava carente. Eu nem liguei, pois achava que ela precisava mesmo de um namorado. E o cara era um bom partido! Estudou Ciências Políticas em Harvard e era lindo de doer. Eles noivaram rapidamente. Ela estava apaixonada por ele. Mas talvez você não acredite no que estou prestes a te contar, Eduardo.

– De boa, pode falar!
– Anne, desde o dia em que esbarrou no shopping com você, nunca te esqueceu. Ela sempre sonha com você pelo menos uma vez por semana.
– Sério?
– Por que você acha que ela está tão apaixonada por você?
– Eu não sei nem o que dizer.

– Ela desistiu de te esperar e se entregou ao relacionamento com Rodrigo. Eles estavam superfelizes. Ela estava certa de que ele era o homem de sua vida. Ele, sabendo disso, tentou várias vezes fazer com que ela transasse com ele antes do casamento, mas ela não cedeu; insistiu que só iria fazer sexo com ele depois do casamento. Ele suportou de boa até a véspera do casamento, quando ele a convidou para ir até o seu apartamento para uma conversa normal de casal que iria se casar no dia seguinte. Eu liguei para Anne no mesmo dia, pois havíamos marcado de sair. Ela me disse para encontrá-la no apartamento dele. Eu até brinquei com ela, perguntando se eu não atrapalharia a prévia dos dois antes do casamento, mas ela cortou logo a brincadeira, dizendo que eu estava maluca e que, se ela não havia feito nada até aquele momento, não faria faltando um dia para o casamento. Ao chegar ao apartamento de Rodrigo, Anne reparou que ele estava meio alterado, aparentando ter bebido e usado drogas. Ele começou a abraçá-la e a beijá-la. Ela, ao ver que ele estava diferente do normal, começou a esquivar-se dele, que não gostou e começou a dizer que eles iriam se casar no dia seguinte, que era pra ela parar de graça e dar logo a "você sabe o quê", e que seria tão simples como no dia em que ele exigiu que ela fizesse sexo oral nele ou a largaria. Ela, convicta de seu objetivo, negou. Então ele disse que o casamento estaria acabado se ela não desse pra ele naquele dia, que era pra ela esquecer o casamento. Ela, no desespero, pediu que ele não fizesse isso com ela e que faria sexo oral nele, se ele quisesse. Ele, malandramente, aceitou, mas não quis ficar apenas nisso e começou a agarrá-la à força, a bater nela e a tirar sua roupa. Ele só não a estuprou porque eu cheguei bem na hora. Ele estava tão transtornado, que não trancou a porta, e não sabia que eu iria até lá me encontrar com ela. Quando eu entrei, ele estava em cima dela, no chão da sala. Ela estava chorando de bruços. Eu pirei quando vi! Ela, quando me viu, gritou para que eu a ajudasse. Como ele era forte, eu peguei um vaso que tinha na sala e dei com toda minha força na cabeça dele, que desmaiou na hora. Nós o deixamos desmaiado lá e saímos correndo.

– Diz pra mim que ele morreu! – fala Eduardo, com ódio e com os olhos cheios de lágrimas, quase quebrando o copo que estava em sua mão direita.

– Não, ele não morreu, pois chamamos uma ambulância.

– Então me diz onde eu posso encontrá-lo.

– Você não pode fazer nada contra ele, Eduardo, pois hoje ele é um deputado estadual.

– Tinha que ser. Miserável! Vocês ao menos deram queixa?

– Nessa época ele ia começar a campanha na política e seu pai nos ameaçou de morte caso contássemos a qualquer pessoa o que tinha acontecido, pois ele investiria muito dinheiro na campanha eleitoral do filho. – Camilla pausou dando um suspiro e logo continuou: – Após esse ocorrido, Anne e eu compramos a casa de Campo Grande. Hoje estamos bem. Graças a Deus ela não se casou com aquele traste e encontrou você, que espero que, de fato, seja o homem com quem ela sonha. Pois se não for, Eduardo, eu mesma farei com que ela termine com você.

O gato ressurge!

Anne está bebendo água no corredor do seu setor de trabalho. Distante e pensativa, ela nem nota a aproximação de alguém.

– Oi, Anne! – diz a pessoa, dando-lhe sem querer um susto, fazendo Anne se engasgar e tossir feito um alcoólatra com cirrose.

– *Cof, cof...* Oi, Yasmin... *Cof!* Como você anda sumida, garota! *Cof.* Me... *Cof...* Dá um abraço, que saudade!

– Eu também estou cheia de saudades de você, minha branquinha! Por que tomou esse susto quando falei apenas "oi", menina?

– Eu estava distraída. Desculpe-me.

– Distraída, ou andam te distraindo? – brinca Yasmin.

– Acho que os dois. Esse é o motivo de eu não ter ligado pra você, mas é uma longa história... Mas me conta as novidades! Falaram que você está constantemente na outra empresa. Como andam as coisas por lá?

– Estamos indo muito bem. Lá também está bombando e semana que vem eu estarei de volta.

– Que bom! Estou morrendo de saudades suas.

– Eu também, amiga.

– Mas... se você só volta na semana que vem, o que está fazendo aqui hoje? – pergunta Anne.

– Eu vim com um dos diretores para apresentar o novo engenheiro da empresa – esclarece Yasmim.
– Uma pena o Antônio ter se mudado – lamenta Anne.
– É sim. Mas você vai gostar do novo engenheiro. Ele é lindo e bem mais novo que o Antônio. Os chefes querem que vocês dois sejam a nova cara da empresa. Inclusive, já vou lhe adiantando: provavelmente vocês vão representar a empresa no evento deste ano.
– Nossa! Eu? Será? Mas há tantos arquitetos melhores do que eu na empresa...
– Mas seus projetos têm sido maravilhosos. Além do mais, você é jovem, e é isso que eles querem.
– Bom, daqui a pouco vou trazê-lo para que você e sua equipe o conheçam.
– Ok. Eu vou estar lá na sala, estou terminando a maquete daquele projeto com os estagiários.
– Legal! Já, já passo lá.
– Galera, atenção! A Yasmin está aí! Se quiserem impressionar alguém, não se esqueçam: impressionem ela! E para quem não sabe, ela é a supervisora geral. É graças a ela que eu estou aqui hoje – diz Anne à equipe.

....

– Eu te entendo, Camilla. Você tem todo esse direito. Eu fico muito feliz por Anne ter uma amiga como você. Eu quero muito fazer Anne feliz. Já estou completamente apaixonado e quero muito me casar com ela. Eu peço perdão a você por ter te feito buscá-la ontem. Eu fiquei sem reação.

– Eu só estou aqui porque eu entendo sua reação. Se não entendesse, você não teria mais nenhuma chance com ela. Ela também está completamente apaixonada por você e vai entender se você disser o que está dizendo pra mim.

– Bom, já que é você que está dizendo, eu vou acreditar. Muito obrigado, Camilla, por me ajudar.

– Eu quero que você jante conosco amanhã em casa e não aceito um "não" como resposta.

– É claro que eu vou aceitar. Cada momento ao lado de Anne vale muito... Mas ela não vai ficar com raiva de você por estar me convidando sem que ela saiba? Eu não quero causar discórdia entre vocês duas – questiona Eduardo, receoso.

– Pode deixar que eu me viro com a Anne. Ela vai me xingar muito por eu ter falado com você e por marcar esse jantar, mas vai gostar da ideia. Agora eu tenho que ir, pois ainda tenho que trabalhar.

– É, eu também tenho... Obrigado mais uma vez pela ajuda!

– Não esquenta. Quero ver minha amiga feliz. Tchau! Até amanhã às sete. Quando você chegar à porta do condomínio, dá um toque pra Anne que nós autorizaremos sua entrada. Ah! Não se atrase! – exige Camilla, caminhando em direção à saída.

– Pode deixar! Não me atrasarei – responde ele em voz alta e com um sorriso alegre, como quem ganhou uma segunda chance, fazendo com que todos da cafeteria olhassem para ele. – Desculpem-me! – pede ele, sem graça.

....

Anne está falando um pouco sobre a empresa com os estagiários, até que batem à porta e logo em seguida ela se abre.

– Com licença, boa tarde... – Yasmin cumprimenta.

Um leve coro lhe responde, solicitamente.

– Bom, William, essa é a Anne. Nossa mais talentosa e promissora arquiteta.

– Anne, esse é o William, o novo engenheiro-chefe.

– Finalmente conheci a famosa Anne – comenta William, segurando no ombro de Anne e dando-lhe um beijo no rosto.

– Famosa? Yasmin é muito exagerada – diz Anne, corada.

– Sou nada. Só digo a verdade.

– Nós já nos conhecemos – declara William, sorrindo.

– Se conhecem? – pergunta Yasmin, boquiaberta.

– Sim. Na livraria, lembra? Você e sua amiga – esclarece ele.

– Ah, sim... Eu lembro. Você é o rapaz. Você parecia tão imerso nos livros que eu não percebi que tinha me notado.

– Vocês duas chamaram a atenção.

Anne fica sem graça e tenta se explicar:

– Ai, meu Deus! A culpa é da minha amiga Camilla, que não para quieta.

William sorri. Yasmin fala:

– Isso aí! Comecem a se conhecer, pois vocês estarão juntos no evento, nos representando – afirma Yasmin. – Bom, não sei de quem é a culpa, mas temos que ir. Você ainda precisa ser apresentado formalmente ao diretor – diz Yasmin, puxando William e dando uma piscada para Anne.

– Até mais, Anne – diz William, aproximando-se de Anne para beijar seu rosto.

– Até mais – responde Anne, beijando o rosto de William atrapalhadamente, pois ele tinha 1,80m de altura.

••••

Anne entra no elevador carregando seu cone de projetos e escolhe o andar. A porta está prestes a se fechar quando ela ouve alguém pedindo para segurar o elevador. Ela põe a mão na porta e, ao abri-la, vê William, que lhe agradece.

– Caramba! Meu primeiro dia e já estou correndo pra pegar o elevador.

– É assim mesmo, depois você se acostuma – comenta Anne.

Ele então propõe:

– Eu estava pensando... Nós poderíamos tomar um café em alguma lanchonete aqui por perto para nos conhecermos melhor, já que estaremos juntos na feira.

– Ah... Sim, claro! – balbucia Anne.

– Se você não tiver outros planos, é claro. Seria mais para não nos enrolarmos no dia. Um encontro estritamente profissional – explica ele, sem graça.

– Sim, claro. Você tem toda razão. Não gostaria de passar vergonha na hora também, mas não daria pra ser hoje.

– Não, claro, hoje já está muito em cima.

O elevador chega ao térreo. A porta se abre. William se despede e, se distanciando, diz:

– Que tal amanhã?

– Pode ser. Liga no telefone do meu setor e marcarmos um horário.

– Pode deixar, eu ligarei. Tchau! – diz William, acenando para Anne.
– Tchau – responde Anne, acenando de volta.
O celular de Anne começa a tocar. Ao atender, Anne diz:
– Fala, sua apressada, já estou indo!
– Vem direto pro estacionamento! – exige Camilla no telefone.
– Por quê? Aconteceu alguma coisa?
– Não, nada não, só temos que fazer compras.
– Mas não é apenas no final de semana que fazemos compras?
– Vem logo! Quando chegar aqui eu te explico melhor.
– Tá bom! Você não vai acreditar no que eu vou te contar!
– Tá bom, tá bom! Quando chegar aqui, você me conta. Tchau!
– Maluca! – grita Anne, irritada.
Quinze minutos depois, Anne chega ao estacionamento do edifício onde Camilla trabalha. Após procurar um pouco, Anne avista sua amiga ao lado do carro. Ao se aproximar, afirma:
– Ô maluca! Pode explicar o porquê de tanta pressa?
– Ah... Peraí! Antes você me diz aquilo em que eu não ia acreditar.
– Você primeiro! Faz eu vir aqui que nem uma doida. Parecia que estava morrendo no telefone.
– Conta logo!
– Não, você primeiro!
– Não, você!
– Chata! Ah... Adivinha quem é o novo engenheiro-chefe da empresa.

– Eu sei lá. Como eu vou saber?

– Você é chata, hein! Não sabe nem interagir. Enfim, o seu Bradley Cooper.

– Quem? – pergunta Camilla, entrando no carro sem entender o sentido.

– Não se finge de boba. Vai dizer que você não lembra?

– Ah... – balbucia Camilla, ainda sem entender.

– Sua lerda, o da livraria! – esclarece Anne.

– Ah... Que isso! Sério mesmo?

– Sim, sim.

– Mas e aí? Como ele é?

– Ele é bonitinho.

– Bonitinho? – questiona Camilla.

– Muito bonito! – afirma Anne.

– Legal – diz Camilla, mudando o semblante e o tom de voz.

– O que foi?

– Não... Nada.

– Nada? Você estava aí toda animada, e agora parece que veio de um enterro. Mas agora me explica por que você ligou igual uma desesperada.

– Tá! Mas antes me dê a chave.

– Por quê? Hoje é minha vez de dirigir – afirma Anne.

– Não... É que...

– É que, nada! Entra logo! – fala Anne, enquanto entra no carro.

Ao virar a chave e partir com o carro, pergunta:

– O que você queria, para me ligar daquele jeito?

– Então... Nós teremos um convidado.

– Quem? Alguém da sua família? Ou algum novo Bradley Cooper?

– Quem me dera – fala Camilla, caindo na gargalhada.

Instantes depois do riso, Camilla fica séria rapidamente e olha para Anne, dizendo:

– O Eduardo.

– O quê? Como assim? – pergunta Anne, incrédula, freando o carro e provocando uma saraivada de buzinas.

– Anne, não pare o carro, continue dirigindo! – diz Camilla.

– Você tem problemas, Camilla – grita Anne, voltando a dirigir.

– Ué... Depois do ocorrido, eu o convidei pra tomar um café. Aproveitei pra contar o que aconteceu na sua família, entre você e o Rodrigo, e ele está muito arrependido. Enfim... Eu o convidei pra jantar lá em casa amanhã – responde Camilla, cinicamente.

– Você o quê? – grita Anne, que freia bruscamente, parando o trânsito.

– Anne! Continue dirigindo.

– Camilla... Eu não estou acreditando nisso!

– Oh! Roda presa... Tinha que ser mulher... Comprou a carteira? – gritam os outros motoristas que passam por elas, buzinando.

– Passa por cima! – grita Anne. – Você não tinha o direito de fazer isso – reclama.

– Ah... Anne...

– Ah, Anne, nada! Não quero saber.

– Tá bom, mas continue dirigindo.

– Você me paga, Camilla! – afirma Anne, nervosa e irritada.

Mercado

– Tá de sacanagem! Sério? – indaga Thiago.
– Sério, cara! Estou te falando! – comenta Eduardo, enquanto pega alguns enlatados.
– Mas, tipo... você vai à casa dela? – indaga novamente Thiago.
– Já te disse. A Camilla falou que ia me ajudar e tudo mais – explica Eduardo.
– Tu sabe que a Anne vai ficar puta da vida quando souber – alerta Thiago.
– Sim, mas a Camilla disse que iria resolver isso. – Eduardo pega alguns sacos de arroz e feijão, e continua a comentar: – Cara... Na verdade, eu estou nervoso com isso.
– Relaxa, ela só... – tranquiliza Thiago.
– Eu já pensei em dezenas de coisas e formas pra dizer, mas...
– Que isso, cara... Olha só! – comenta Thiago, ao passar uma mulher bonita.
– É bonita mesmo... – afirma Eduardo.
– Essas são do tipo que destroem casamento.
– Nossa! Você dizendo isso?
– Nem vem, cara! Você sabe que eu sempre fui admirador da beleza feminina.
– Eu sei que apenas admira. Você é o cara mais fiel do mundo – afirma Eduardo.

Thiago pega alguns sucos e refrigerantes.

– Cara, o foda é que eu vejo essas mulheres, sei que são gostosas pra cacete, porém eu não consigo vê-las da mesma forma que vejo Anne.
– É, cara... Isso se chama amor.

– Pode ser.

Alguém se aproxima por trás dos dois e fala:

– Oi, Dudu.

Eduardo ouve uma voz familiar e se vira, surpreendendo-se ao ver uma mulher linda e malhada, com apenas um shortinho jeans, um top que deixava sua barriga à mostra, cabelos longos, loiros e soltos, e diz:

– La... Larissa.

– Quanto tempo! – diz ela.

– É... Faz um tempo, sim. Como você está? – pergunta ele.

– Estou bem.

– Oi, Thiago. Tudo bem? – cumprimenta Larissa.

– Opa! Tô bem e já sei que você também. Estou indo pra fila – responde Thiago, sarcasticamente, referindo-se à roupa dela.

– Então, Dudu... Estava com saudades. Não te vi mais na academia depois que você arrumou aquela sua mulher ciumenta – comenta, com desprezo.

– Nem me diga... Mas estou pensando em talvez voltar a malhar. Não aguento mais ficar com esta carcaça de frango – justifica-se.

– Mas continua bonito – afirma Larissa.

– Obrigado. Você também está maravilhosa!

– Ah... Obrigada. E quando podemos dar uma volta naquela sua motona novamente? – provoca Larissa.

Eduardo demonstra um sorriso amarelo e responde:

– Eu adoraria te levar pra dar uma volta na minha moto, ainda mais gostosa do jeito que você está...

– Obrigada!

– Mas felizmente eu estou apaixonado demais pra isso...

– Bom. Não vejo aliança na sua mão. Você está casado?
– Não... Não exatamente.
– Bem, eu estou exatamente solteira e com muitas saudades de você – insiste ela, no pé do ouvido dele, com uma voz suave.
– Larissa, por favor... – *Cacete. Como ela pode estar tão gostosa.* – É verdade, Larissa. Eu estou mesmo apaixonado...
– Não me diga que ela é melhor que eu?
– Na verdade... Nesse sentido eu não posso lhe afirmar...
– Não acredito... Você nem mesmo comeu ela e já está assim?
– Pra você ver...
– Nossa! Ela deve ser muito especial mesmo.
– É sim... E eu pretendo me casar com ela.
– Poxa... Não sei se fico triste ou alegre por você.
– É... Eu estou tentando ficar alegre.
– E a última coisa que eu quero é atrapalhar. Bom... Vou nessa. Caso você precise de uma despedida antes de se casar, sabe onde me achar – despede-se Larissa, dando um beijo molhado no rosto de Eduardo.
– Obrigado! Me lembrarei disso – responde ele com um leve sorriso soberbo.

Eduardo se encontra com Thiago na fila do caixa, que brinca:
– Que isso, hein, garanhão!
– Nem brinca, cara! A última pessoa que eu gostaria de encontrar. Oh, tentação!
– Mas e aí? O que aconteceu? Vai pegar de novo não, né? – pergunta Thiago.

– Ela disse que estava com saudades e tal, mas você sabe... Eu quero me casar com a Anne.
– Você está fazendo a coisa certa. Agora, sim, você está pensando com a cabeça de cima – debocha Thiago.
Eduardo sorri e comenta:
– Caramba, cara, quando a gente quer sossegar, sempre vem uma pra perturbar!
– É verdade! Ainda mais quando você sabe que ela é gostosa pra cacete e aparece te dando mole quando você está apaixonado desesperadamente por outra mulher! – ironiza Thiago.
– Não é que você está certo? – responde Eduardo, no mesmo tom de ironia do amigo.
Eles começam a passar as compras pelo caixa, enquanto riem.

Casa de Anne e Camilla, às sete da noite

A campainha toca. Camilla atende. Eduardo se identifica, vestindo uma calça jeans, sapatênis, camisa social, e carregando uma caixa de chocolates e um urso.
– Seja bem-vindo, pode entrar! – diz Camilla.
– Ah... Obrigado.
– Sinta-se à vontade. Eu vou preparar algumas coisas, mas sinta-se em casa. Pode se sentar que eu já volto.
– Tudo bem, mas e a Anne? Ela está?
– Ela já vem, relaxa!
Camilla sobe as escadas e Eduardo fica sentado em um dos sofás da sala observando os quadros e as fotos da família de Anne e Camilla.

••••

– Ele já chegou, Anne.
– Pelo menos não se atrasou – diz Anne, com desdém.
– E nós ainda nem terminamos de nos arrumar.
– Espero que ele esteja mesmo arrependido.
– Você saberá se ele está mentindo ou não. Isso não será problema pra você.
– Sim. Eu estou louca de vontade de segurar a mão dele e saber o que ele está pensando – diz Anne, sadicamente.
Camilla também sorri e diz:
– Mas cuidado pra não deixá-lo perceber, hein!
– É verdade! Camilla, você vai ter que me fazer um favor!
– Claro. Diga!
– Eu quero que você...

••••

Eduardo está inquieto. Seus pensamentos o atormentam e a espera piora ainda mais. Anne desce com um vestido curto, magenta-escuro, apertado e vazado nas costas, e seus cabelos enrolados caindo sobre seus ombros. Eduardo se levanta, deslumbrado com a visão.
– Oi... Olá, Anne! – cumprimenta Eduardo, com um sorriso leve, dando-lhe a mão esquerda.
– Oi – responde Anne, dando-lhe a mão e fazendo Eduardo levar um choque, mas ele nem liga.
Que linda! Que gostosa! Ela só pode ter posto esse vestidinho para me torturar... Cacete! Como é que eu vou aguentar até o casamento?, Anne ouve nos pensamentos de Eduardo.

– Nossa! Você está linda! Ah... São pra você.

Eduardo entrega a caixa de chocolate junto com um urso de pelúcia a Anne, e ela agradece com um leve sorriso seco, sem dar muita atenção à caixa de chocolate, dando mais atenção ao urso. Ela segura a mão de Eduardo a fim de ouvir seus pensamentos.

Por que ela continua segurando minha mão? Ela quer me deixar mais sem graça do que já estou? Deixa pra lá, é melhor eu me desculpar logo, pensa.

Sem graça, ele pergunta:

– Então... Tudo bem com você?

– Sobrevivendo – diz Anne, encarando-o.

Depois do que eu fiz, você não devia nem me deixar entrar na sua casa. Será que ela vai aceitar se casar comigo depois do que eu fiz?, Eduardo pensa.

Será que ele vai me pedir em casamento hoje?, questiona-se Anne, também em pensamento, segurando as lágrimas após ouvir o que Eduardo havia pensado.

– Escuta, Anne... Bom... Eu... fui um idiota, sem caráter, covarde, e não me portei como homem...

– Concordo...

– E eu sei que não tenho nem o direito de estar aqui, mas eu queria ao menos te pedir desculpas... Eu... estou muito arrependido do que fiz...

– Tudo bem, eu entendo.

– É que foi uma situação... Entende? Como assim você me entende? – pergunta incrédulo.

Anne solta a mão esquerda de Eduardo e segura em sua mão direita, puxando Eduardo para conversarem no sofá, o que faz o rapaz levar outro choque.

– Ué... Eu te entendo. De fato não é fácil para um homem passar por uma situação dessas. Eu também errei quando deixei que fôssemos tão longe no clima sem te contar, mas eu juro pra você que eu estava gostando.

Só um idiota para não perceber que você estava a fim!, pensou.

– Eu sei... Eu sei. Eu não te culpo por ser virgem... Aliás, é um direito seu!

– Obrigada! Fico feliz que você tenha compreendido isso!

Camilla desce as escadas, com um short curtíssimo e uma camisa decotada que acabara de trocar, o que, inevitavelmente, chama a atenção de Eduardo.

Caralho! Que short é esse? Assim fica difícil! Eu nem havia reparado... Ela é tão gostosa quanto a Anne. Melhor eu nem olhar. Por que ela colocou um short tão curto sabendo que eu estou aqui? Isso é provocante demais e também uma falta de respeito comigo e com a Anne! Mas ela está em casa e tem todo o direito de se vestir como quiser..., refletiu.

Camilla liga o rádio, seleciona uma *playlist* tocando James Blunt e comenta:

– Música romântica pra ajudar o casal a fazer as pazes!

– Gosto das músicas do James Blunt – afirma Eduardo, com um sorriso tímido.

Camilla os alerta que o jantar estará pronto em dez minutos.

– O que você achou? – pergunta Anne, provocando-o.

– O que eu achei... da música? – replica ele, meio distante.

– Não. Da minha história, que a fofoqueira da Camilla te contou.

– Eu não sei nem o que dizer... Eu achei muito tenso!
– responde Eduardo, enquanto pensa: *Ufa! Achei que ela estava me perguntando do corpo da Camilla.*
– Você não voltou pra mim por pena, né?
– Não. Claro que não! Anne, eu estou apaixonado por você. Naquele mesmo dia eu te liguei o resto da noite pra me desculpar, mas você desligou o celular.
– Claro! Eu estava com muita raiva de você...
Anne, não me atrapalhe. Deixe-me terminar de me declarar para você, pensa, e depois diz:
– Eu te entendo, você teve toda razão. Mas... deixa eu te falar uma coisa. Anne... Eu... quero...
– Anne! Pode vir aqui na cozinha, por favor? – grita Camilla.
Ai! Eu vou matar você, Camilla! Logo na hora em que ele ia me pedir em casamento!, Anne, com raiva, grita em seus pensamentos, ficando corada.
– Só um minuto, Eduardo, não saia daí! – ordena Anne, ansiosa para ouvir o que ele estava prestes a dizer.
– E aonde eu iria?
– O que foi, Camilla? – indaga Anne, impaciente.
– Por que você está tão nervosa, amiga? – pergunta Camilla, curiosa.
– Porque você acabou de atrapalhar um pedido de casamento! – explica Anne, decepcionada.
– Sério? – diz Camilla, com os olhos arregalados e incrédulos.
– Parece que sim! – afirma Anne.
– Ai, amiga! Parabéns! Que feliz que eu estou por você! – grita Camilla, jogando-se em cima de Anne e abraçando-a.
– Calma, Milla! Fala baixo! Tá querendo que ele desconfie?

– Desculpe! Me empolguei.

– Agora fala o motivo de você ter me chamado em um momento tão importante.

– Eu quero que você prove o macarrão. Veja se está bom de sal.

– Está uma delícia! Espero que ele goste de macarronada!

– E aí? O que ele pensou sobre meu short? – cochicha Camilla, curiosa.

– Ele te achou tão gostosa quanto eu, mas também achou uma falta de respeito você usar um short tão curto sabendo que ele estava aqui...

– A culpa é sua! Foi sua ideia idiota de querer provocá-lo! Agora ele acha que eu sou uma piriguete.

– Fala baixo! Ele não está achando nada disso, no final ele achou que você tem o direito de se vestir como quiser em sua casa.

– Ele também não sabe o que pensa! – brinca Camilla.

– Concordo. Bom, vamos comer logo que eu estou cheia de fome!

– Vou pôr a mesa, mas antes vou trocar de roupa que não estou me sentindo bem assim.

– Concordo também. Chame-o pra comer! Ele também deve estar com fome!

– Eduardo? Vem! Você gosta de macarronada? – pergunta Camilla.

– Gosto, sim. Eu como quase tudo. Fica tranquila!

Camilla então sobe para trocar de roupa e desce rapidamente. Anne ainda está pondo os pratos e talheres na mesa e os dois não se falam até a volta de Camilla. Eduardo, ao ver

que Camilla trocou de roupa, fica meio sem entender. As duas se olham e reparam que ele está confuso. Anne então disfarça:
— Se você achar nossa macarronada ruim, não fale, guarde pra você, tá?
— Nossa, não. Foi Anne quem fez, Eduardo. Eu só coloquei o molho pra ela.
— Hum! Que legal! Não sabia dos dotes culinários dela — brinca ele.
— Você não morrerá de fome quando vocês casarem. Comerá macarrão todos os dias.
— Camilla! Quer calar a boca?
— Parece estar uma delícia! — diz ele.
— Eu nunca a vi fazer uma macarronada com tanto carinho.
— Camilla, enche essa boca de comida! Eduardo, não liga pro que ela fala!
— Hum! Está uma delícia, muito gostosa mesmo! Há muito tempo que eu não como uma macarronada tão boa!
— Está boa sim, mas para de ser puxa-saco, Eduardo!
— Sei que eu sou suspeito, mas é verdade!
— Não liga pra ela! Ela está com inveja.
— Hum... Anne me contou que você vai sair do trabalho pra se dedicar a um projeto de história em quadrinhos. É verdade?
— Camilla! — exclama Anne, por achar que Camilla havia sido inconveniente.
— O que foi? Eu só estou tentando interagir com o rapaz. Não falei nada de mais!
— Tudo bem. Isso não é nenhum segredo. Eu venho trabalhando nesse projeto há um bom tempo, mesmo tendo um

emprego. Mas, para seguir em frente com ele, eu preciso de mais tempo. Daí o motivo de eu ter que sair do trabalho.

– Legal! Você deve acreditar mesmo nesse projeto, já que vai até largar o emprego pra tocá-lo!

– Sim. Acredito muito mesmo! Não só eu, mas também meus amigos que estão me ajudando.

– E vocês acham que vão fazer dinheiro com essa história?

– Milla! Desse jeito até parece minha mãe interrogando-o.

– Tudo bem, Anne. Camilla, sinta-se à vontade para perguntar. Eu já estou acostumado.

– Eu não estou perguntando por mal, Anne. Eu gosto das pessoas que sonham e correm atrás de seus projetos. E eu quero falar do meu, depois que você terminar de contar o seu.

– Legal! Meus ouvidos serão todos seus – diz ele.

– Ótimo! Então pode terminar de contar o seu, mas vamos terminar de comer logo, porque ficar parando de comer pra falar é um saco!

– É verdade...

– Acho uma boa ideia!

····

– Muito obrigado, Anne. A macarronada estava uma delícia!

– Que bom que gostou. Apesar de tudo o que aconteceu, eu fiz com muito carinho.

– Eu sei que não mereço. Por isso, obrigado mais uma vez.

– Nada...

– Chega de agradecimentos e começa a contar logo como você pretende fazer sua história virar um sucesso!

– A princípio, está no diferencial da história. Apesar de o personagem ser mais um justiceiro como Batman e outros, o Albino é muito diferente dos demais, pois ele será um herói para alguns e um anti-herói para outros, dividindo, assim, a sociedade. Ele terá suas próprias leis e éticas, o que lhe trará muitos problemas, pois começará a se envolver em questões de criminalidade. Depois, verá que não pode resolver esse problema sem resolver as questões sociais, e então perceberá, com ajuda externa, que não pode também resolver essas questões sem resolver a política, então descobre que o verdadeiro problema do país está nas pessoas e não apenas nos líderes políticos. Com esse novo ideal, ele acaba trazendo problemas inimagináveis para si e para aqueles que o ajudam.

– Nossa! Legal mesmo...

– Já temos muitas páginas feitas e estou aguardando resposta de uma editora. Se rolar, estaremos feitos. Daí o motivo de eu ter que sair do trabalho.

– Muito legal mesmo! Desejamos muito sucesso pra você. Não é, Anne?

– Sim, claro! Você está se esforçando e por isso será merecedor – afirma Anne.

– Obrigado! Bom, eu já falei demais. Agora é sua vez, Camilla. Conta aí sobre o seu projeto!

– O meu projeto, que na verdade é nosso projeto, meu e de Anne, é uma loja de roupas femininas.

– Que legal!

— Sim. Estamos querendo abri-la no ano que vem para termos bastante tempo de organizar tudo.
— Aí que você entra, Eduardo.
— Como assim eu entro?
— Queremos que você faça toda a identidade visual da loja. O que nos diz?
— Pô, legal! Será um prazer.
— Pode ficar tranquilo que vamos lhe pagar.
— Não, que isso...
— Nem venha com essa de que não vai cobrar, pois pagaríamos a outro profissional pra fazer e já está dentro do nosso orçamento.
— Tá, ok. Já que insistem, tudo bem.
— Então, está tudo certo. Apenas gostaria que você me passasse seu endereço de e-mail para lhe darmos o nome e as cores que Anne e eu queremos, e o preço do seu trabalho. Agora vamos comer a sobremesa? Você gosta de sorvete, né, Eduardo? – pergunta Camilla.
— Sim, claro!
— Venha! Vou lhe mostrar nosso escritório e estúdio – diz Anne.
— Mas eu ainda não terminei de comer.
— Pode vir comendo!
— Tá...

Eduardo segue Anne, enquanto Camilla fica na cozinha arrumando as coisas. Anne abre uma porta próxima à escada que dava para o segundo andar. Um espaço com quarenta metros quadrados, onde Camilla e Anne trabalham. O ambiente é dividido sem paredes. De um lado, uns manequins, uma mesa de desenho, materiais variados, máquina de costura, entre outras coisas; do outro, um Mac, outra mesa de desenho, réguas, maquetes etc.

– Este é o nosso pequeno espaço, onde trabalhamos e fazemos alguns *freelances*.

– Pequeno? Quem dera eu tivesse um espaço pequeno desse – ironiza Eduardo, pasmo com a amplitude do ambiente.

– Ah, para! É só um quarto em que nós fazemos algumas coisas. Nada de mais.

– Se você diz. Agora eu terei um pouco mais de espaço, já que o Thiago está arrumando as coisas dele pra casar e ir embora.

– Poxa, que legal. Você vai conseguir sobreviver sem seu amigo? – ironiza ela.

– Espero que sim.

– Quero te mostrar algo – fala Anne, puxando Eduardo para onde sua mesa está.

– Nesse local você quase convence que trabalha.

– Para, seu bobo, senão eu não vou te mostrar meu projeto pessoal.

– Projeto pessoal? Impressiona cada vez mais.

– Quer ver ou não?

– Ah... Já estou aqui mesmo.

– Bobo... Aqui, essa é a planta da casa que eu quero construir um dia. Para quando eu me casar, talvez.

– Sabe cozinhar, pretende casar, é bonita, inteligente... Quem não te conhece acha que você não existe.

– E quem não te conhece acharia até que isso foi um elogio.

Eduardo se aproxima de Anne, deixando seus rostos quase se tocarem. Quando os dois estão perto de se beijarem, Camilla abre a porta, interrompendo o clima.

– É... Desculpa ter atrapalhado... Então... Tô indo dormir. Boa noite.
– Boa noite – fala Eduardo, sorrindo.
– Tchau, já vai tarde – diz Anne, rusticamente.
Camilla fecha a porta, e Anne balbucia:
– Cacete, que chata.
– Que é isso... Mocinhas não devem xingar – brinca Eduardo.
– Começa não! Vamos lá pra fora, antes que ela decida que nós temos que ir dormir com ela.

Eles vão para a varanda dos fundos da casa de Anne, que dá para uma área de reflorestamento. Anne deixa a iluminação difusa. O céu está estrelado e venta um pouco. Eduardo abraça Anne pela cintura e ela apoia sua cabeça no ombro de Eduardo.

– Está linda!
– Sim. Faz tempo que não vejo a noite tão estrelada assim – concorda ela, achando que ele estava se referindo à noite.
– Ah, sim, a noite também está bonita – afirma ele, olhando para ela.

Anne sorri e beija Eduardo. Depois de um tempo, Eduardo afasta um pouco seu rosto.

– Aconteceu algo? – pergunta Anne, preocupada.
– Não... É que eu preciso te falar uma coisa.
– O quê?

Eduardo segura na mão de Anne.

Eu sei que eu errei. Pode parecer clichê o que eu vou dizer, porém eu nunca senti por ninguém o que eu sinto por você. E..., pensa Eduardo antes mesmo de falar.

– Sim – diz Anne, interrompendo a linha de raciocínio de Eduardo.
– Sim... o quê? – pergunta surpreso.
– Eu aceito me casar com você.
– Mas... como? Eu não havia dito nada ainda – fala Eduardo, confuso e alegre.
– Vocês homens são todos iguais. Parece até que conseguem disfarçar algo.
Eduardo olha diretamente nos olhos azuis de Anne. Apaixonado e quase descrente com o que ocorre, diz:
– Não quero passar nem mais um segundo longe de você e...
– Mas terá que ficar só mais um.
Anne entra. Após alguns segundos, uma música pode ser ouvida. Eduardo sorri ao reconhecê-la: "Here With Me". Eduardo então diz:
– Parece até que você sabe o que eu penso.
Anne se encosta à mureta da varanda e diz:
– Vai ver eu escuto seus pensamentos.
Eduardo anda em sua direção, segura em sua cintura e diz:
– Então me diga: em que eu estou pensando agora?
– Em me beijar.
– Nossa! Você pode mesmo ouvir meus pensamentos.
Os dois se beijam. Anne apoia sua mão direita sobre o ombro de Eduardo, que a puxa, segurando fortemente. Anne desliza sua mão sobre o braço de Eduardo e segura em sua mão.
Como você é linda. Nem consigo entender como uma mulher tão bonita e meiga pode querer estar comigo. Eu não

acredito que estou aqui, que você me perdoou... Como..., pensa maravilhado. *Eu adoro esse seu cabelo enrolado, seus lindos olhos azuis e esse corpo...*

Eduardo percebe lágrimas nos olhos de Anne. Preocupado, pergunta:

– O que foi? Fiz alguma coisa de errado novamente?

– Não... Eu... estou feliz por você estar aqui... Aqui comigo. Por me entender...

– Eu juro que vou te entender e, acima de tudo, te proteger de tudo e de todos. Eu quero muito me casar com você.

– Sim... Eu tenho certeza disso.

Eduardo segura em sua nuca, os dois dão um beijo perfeitamente molhado e apaixonante. Os minutos passam como segundos para os dois, que estão abraçados. Os dois continuam se beijando de forma mais intensa. Eduardo segura na perna esquerda de Anne e sobe gradativamente, junto do vestido dela, beijando seu pescoço e ombro. Anne segura em seu abdômen por debaixo da camisa. Quando Eduardo chega até sua cintura, Anne segura em sua mão esquerda, dando-lhe espasmos, mas não de dor, e sim de prazer.

Anne... Não... Não... Ela me deseja da mesma forma que eu a desejo, pensa.

Anne beija o pescoço de Eduardo. Ele levanta o vestido dela lentamente e começa a apertar sua bunda, mas logo em seguida diz:

– Não... É melhor... Bom, é melhor pararmos por aqui – diz, arrumando-se.

Anne concorda com Eduardo e os dois se afastam um do outro, sorrindo.

– Você é única pra mim, e eu quero respeitar sua decisão – argumenta ele. – Bom... Você me leva até o portão?
– Mas você não precisa ir agora, fica mais um pouco! – propõe ela.
– Eu adoraria, mas amanhã teremos que trabalhar.
– E eu vou te ver? – pergunta ela.
– Eu juro que nunca mais vou deixá-la se sentir sozinha.
– Assim espero!
– Eu prometo!
Na sala, eles se beijam. Logo depois, Eduardo abre a porta e Anne o acompanha até sua moto. Eduardo monta em sua moto, e os dois se beijam novamente.
– O que fará amanhã à tarde, depois do trabalho?
– Virei pra casa normalmente. Por quê?
– Sei que estou indo rápido demais, mas posso passar no seu trabalho e te pegar pra sairmos?
– Claro, eu vou adorar! E aonde iremos?
– É surpresa...
– Ih! Você e suas surpresas...
– Espero que você goste!
Anne se aproxima, beija-o e diz:
– Bom... Eu confio em você.
– Obrigado.
– Só que terá que ser um pouco mais cedo.
– Cedo que horas?
– Tipo às quatro. Tá bom pra você?
– Eu peço pra sair um pouco mais cedo.
– Que bom! – Eduardo sorri, põe o capacete, vira a chave e parte com sua moto.

Anne o observa partir com um longo sorriso apaixonado. Quando ele some de sua vista, ela entra correndo e pula em cima da cama de Camilla, gritando:

– Ele me pediu em casamento!

– Que legal, amiga! – grita Camilla, feliz por Anne. – Finalmente você vai se casar! Caramba, ele está apaixonado mesmo por você!

– E eu, por ele... Na verdade, eu estou amando ele e tenho certeza de que ele também está me amando.

– Que fofo, amiga! Você merece. Mas e aí? Vocês vão noivar quando?

– Não sei... Não comentamos nada sobre isso, mas ele me chamou pra sairmos amanhã depois do trabalho.

– E pra onde vocês vão?

– Ele disse que é surpresa.

– Uh! Será que é para um motel?

– Quê?

– Brincadeirinha, brincadeirinha!

– Palhaça! Ele não é maluco.

– Quando você pretende contar?

– Contar o quê?

– Como o quê? Que você ouve os pensamentos dele, ora!

– Não sei... Ainda não está cedo pra isso?

– Quanto mais cedo, melhor. Você mesma não disse que confia nele?

– Sim, mas...

– Anne! Acredite em mim, por favor! Se você contar logo, menos frustrante será pra ele saber que uma mulher pode ouvir tudo o que ele pensa. Você deve aproveitar que ele está animado e comovido com a sua história.

– Você está certa, amanhã eu contarei a ele – concorda, preocupada e desanimada.

– Isso aí! Agora sai do meu quarto e vamos dormir, que amanhã não é feriado. – Anne se retira pensativa e desanimada após ouvir os conselhos da amiga.

Dia seguinte

– Você é maluco? Eu querendo me separar e tu querendo se casar! – diz Léo, surpreso com a notícia contada por Eduardo.

– É... Pessoas e pessoas. Além do mais, você já tem sua experiência. Deixa eu ter a minha! – exige Eduardo.

– Olhando por esse lado, você tem razão – concorda ele.

– Eu já tive todas as experiências que precisava ter, agora é hora de ter a do casamento – afirma Eduardo.

– Não teve mesmo! Acredite: as experiências nunca acabam.

– As que eu precisava, sim! – esclarece ele.

– Espere completar sete anos de casado e aparecer uma Alice na sua vida. Tu vai ver a merda que é.

– Já não basta a Larissa ter aparecido do nada pra perturbar o meu juízo... Sem falar naquela sua cunhada que é uma delícia!

– É, tá brabo pro seu lado, amigo!

– E essa Alice? Ela é isso tudo mesmo que você diz? – pergunta Eduardo.

– Cara... Ela é demais! Pena que eu não posso tirar uma foto dela pra você ver.

– Não esquenta. Se o meu casamento ficar uma merda, eu te peço o contato da Alice...

– Você tá maluco? – grita Léo com ciúmes.
– Que é isso, cara. Calma! Eu só estava brincando! – explica.
O ambiente fica em silêncio por alguns instantes.
– Nossa! Eu não sabia que você estava tão apaixonado. Me desculpa! – fala Eduardo.
– Eu não estou apaixonado, tá?
– Então me explique: o que foi isso?
– Eu não sei... Eu...
– Se isso não é paixão, eu não sei o que é. Você está cheio de ciúmes dela. Se meu casamento chegar a me trazer infelicidade sem volta, eu prefiro me separar e tentar ser feliz novamente, embora eu ache que casamento seja pra sempre. Eu não concordo, mas por que você não se separa?
– Eu não posso, ela é só uma garota de programa...
– Eu não sou ninguém pra lhe dar lição de moral e tal, mas o problema é: você vai ficar enganando a Amanda até quando? Você tem muito a perder. Vocês têm um filho, pô! A Alice pensa em parar com essa vida pra ficar com você?
– O pior é que não. Ela ganha muita grana com isso e quer continuar independente de qualquer homem.
– Na verdade, ela não quer ficar dependente de apenas um homem – fala Eduardo, pensativo. – Tá foda, cara! Eu estou cada vez mais envolvido com ela, e a hora dela não é barata. Ela já deixou de me cobrar duas vezes, mas aí eu acabo pagando pelo menos a metade. A Amanda já me perguntou com o que eu ando gastando dinheiro.
– Aí é foda! Com tanta mulher dando cabeçada por aí, você quer pagar.

– Mas você sabe que essas mulheres se apaixonam e depois perturbam.

– Disso eu sei, mas também não adianta nada você arrumar uma garota de programa pra dar uma escapada e não ter compromisso, mas acabar se apaixonando por ela.

– Nisso você tem razão... Mas a Alice é foda, cara, ela é muito boa no que faz!

– Tá bom... Eu já entendi. Vê se você não fala isso para todos os homens que você conhece, senão eles vão acabar querendo pegar ela também!

– Nisso você tem razão.

– Nessas coisas eu tenho razão, né? Seu babaca!

– Claro!

– Vou nessa. Ainda tenho que me encontrar com a Anne.

– Não quer outra vida agora. Vamos ver até quando essa vai durar.

– Se Deus quiser, durará pra sempre.

– Ou até você arrebentar aquele cabaço.

– Juro pra você que eu só quero que isso aconteça depois do casamento.

– Deus te ajude!

– Amém. Fui!

....

– Olá, Anne!

– Oi, William. Tudo bem?

– Estou te atrapalhando?

– Não, eu já estava descendo mesmo.

– É agora que iremos para o nosso café?

– Ihhh, William! Eu me esqueci. Acabei marcando um compromisso com meu noivo. Me desculpa! Eu devia ter lhe avisado.

– Tudo bem, isso acontece, ainda temos bastante tempo.

– Pode ser amanhã, ser você puder, claro – propõe ela.

– Eu te aviso pela manhã. Vai descer agora? – pergunta ele.

– Sim.

– Eu também vou. Você é noiva?

– Tecnicamente, ainda não, mas ficarei hoje.

– Legal, meus parabéns!

– Obrigada.

No lobby, a porta do elevador se abre. O celular de Anne toca. Ela atende rapidamente:

– Oi, Dudu. Conseguiu encontrar? Tá bom... Estou saindo agora. Beijos.

William e Anne andam juntos até o lado de fora. Ao passarem pela entrada principal, Anne avista Eduardo encostado em sua moto e sorri.

Anne, feliz ao ver Eduardo, despede-se seca e rapidamente de William, que nem tem tempo para se despedir de volta. Ela aperta os passos para chegar logo em Eduardo. Os dois se beijam e Eduardo lhe dá um capacete. Os dois sobem na moto e partem.

Avenida das Américas

Eduardo e Anne chegam a um restaurante japonês exclusivo para casais. Os dois descem, e o manobrista pega a moto de Eduardo para estacionar.

– Nossa! Eduardo... Este lugar... Você não precisava me trazer aqui.
– Que nada... Você merece. E, além do mais, é uma ocasião especial.

Eles entram e Eduardo confirma sua reserva com o *trouvier*. O local está cheio. Os dois são conduzidos até a mesa. Ao se sentarem, o garçom lhes entrega os cardápios.

– Caramba... Mudaram quase tudo aqui – comenta Anne, naturalmente.
– Como assim mudaram quase tudo? Você já esteve aqui?
– Infelizmente, sim.
– Por que infelizmente?
– Imagine...
– Eu devia ter imaginado mesmo... Você, linda desse jeito, qualquer um iria trazê-la em locais como esses todos os dias – brinca Eduardo.
– Para com isso! Você acha que eu sou uma patricinha? Estou decepcionada – brinca Anne, retrucando.
– Só um pouco. Então, já escolheu o que vai comer?
– Calma, seu apressado! Eu mal peguei no cardápio.
– É verdade, me desculpe!
– Só se você pagar o jantar!
– Quê? A patricinha aqui é você! Calma, estou brincando.

Os dois riem apaixonadamente. Eles chamam o garçom e fazem seus pedidos. Porém, o garçom diz que demorará um pouco mais do que o normal.

– Eduardo... Eu tenho que te contar uma coisa...
– Eu também – fala Eduardo, interrompendo-a.
– Mas é importante!
– Nada é mais importante.

Anne tenta falar, mas Eduardo põe sua mão esquerda sobre a mão direita dela.

Eu nunca disse para uma mulher que a amava... Quando nos casarmos e eu transar com você será o melhor dia da minha vida..., pensa Eduardo.

Ai, ele está me amando, que fofo, ela pensa, sorrindo para ele.

O garçom se aproxima mais uma vez, cortando o clima, e pergunta se eles desejam algo para beber. Eduardo confirma, e pede duas taças de vinho.

– O quê? Você está de moto! Não vai beber mesmo!

– Hã? Por que não? É para comemorar. E uma taça de vinho não vai me afetar em nada.

– Não vai mesmo, porque você não vai beber! Muito menos me carregando na garupa – fala Anne, com um sorriso nada alegre.

Eduardo começa a rir, enquanto o garçom fica confuso, sem saber o que fazer.

– Ai! Droga de impasse, hein! Parece que somos casados – brinca Eduardo, sorrindo.

– Para, não tem graça – fala Anne, meio dengosa.

– Então...? – pergunta o garçom.

– Ah, sim, uma taça de vinho, por favor – pede ela.

– Uma taça? – resmunga Eduardo.

– Você está pilotando, não eu. Mas o que você queria falar comigo? – pergunta ela, curiosa.

– Então... Nada está certo até que seja oficial e eu quero que isso esteja mais do que certo.

Eduardo tira de seu bolso um pequeno estojo (proteção) e abre em direção a Anne. Dentro dele, há uma aliança que imediatamente deixa Anne com os olhos cheios de lágrimas e com um sorriso que Eduardo nunca havia visto antes.

– Cada dia que eu passo com você se torna o melhor dia da minha vida, e eu quero que seja assim pra sempre – declara Eduardo, enquanto põe a aliança no dedo de Anne.

Assim que Eduardo encosta na mão de Anne, é possível ver uma pequena corrente elétrica que liga a mão de Anne à aliança e à mão de Eduardo. Essa corrente faz com que Eduardo dê um pequeno grito, pulando da cadeira e derrubando o garçom que vinha com a taça de vinho na bandeja, o que faz a aliança ir ao alto.

Ao perceber que todos o estão olhando, Eduardo se desculpa, sem graça. Ele ajuda o garçom a se levantar.

– Desculpe, eu... Você está bem? – pergunta ele ao garçom.

– Sim. Está tudo bem – diz o garçom.

– Tem certeza?

– Tenho sim, senhor.

Anne, assustada, fala:

– Ai, meu Deus... Me desculpe, Eduardo. Eu não queria...

Eduardo começa a olhar para os lados, como se estivesse procurando algo, e responde a Anne:

– Tá... Tá tudo bem... Só... – De forma meio cômica, Eduardo continua: – Peraí. Amigo, me ajuda a achar a aliança. Tá por aqui, que eu sei.

Eles procuram rapidamente por debaixo da mesa, enquanto, mesmo sem graça com a situação, Anne gargalha. Alguns segundos depois, o garçom se levanta, dizendo:

– Achei!

– Opa... Valeu! Pode deixar que depois iremos às forras na gorjeta – fala Eduardo, enquanto dá um rápido abraço no garçom.

Após tudo voltar ao normal, Anne está em gargalhadas.

– Achou engraçado? – pergunta Eduardo.

– Não muito. Só um pouquinho – fala Anne, tentando se controlar.

– Só um pouquinho? – pergunta ele.

Anne frisa seus dedos, demonstrando pouca quantidade, e fala:

– Aham... Pouquinho assim.

– Você é cínica!

– Eu? Não sei por que você diz isso – debocha Anne.

– Eu já havia esquecido como era forte essa sensação.

– Você gritou igual a uma garotinha – diz Anne, rindo dele.

– Não tem graça! – exclama.

– Uma barata... Socorro! Alguém me ajude – fala Anne, debochando de Eduardo.

– Você não era assim, hein! – afirma Eduardo em tom de brincadeira.

– A aliança. Acho melhor eu colocá-la – propõe ela.

– Concordo plenamente. Mas a do casamento eu colocarei de qualquer jeito.

– Com certeza!

Eduardo põe a aliança na mesa, e Anne a pega ainda sorrindo. Colocando em seu dedo, ela lê o que está escrito: "Tudo é inesquecível em uma maneira única".

Completa Eduardo:

– E você, em todas. Obrigado por esperar... Esperar por mim todo esse tempo. Você não vai se arrepender.

Os olhos de Anne se enchem de lágrimas. Os dois se beijam rapidamente e, quando estão se afastando, Anne brinca com Eduardo:

– O garçom vem vindo aí. Vê se não derruba nada de novo!

Eduardo olha para o lado e vê o garçom com o pedido dos dois.

– Opa. Desculpa por antes.

O garçom fala:

– Nada... Tudo bem. É só o senhor me prometer que não vai fazer isso de novo.

Eduardo, com um sorriso no rosto, fala, enquanto está com rabo de olho para Anne:

– Vou tentar.

– Eduardo... Eu preciso te contar algo, e se não for agora, eu acho que não terei mais coragem.

Nesse instante uma mulher passa próximo aos dois e praticamente ignora Anne, olhando somente para Eduardo. Anne segura na mão dele.

Anne, instintivamente, olha para trás, e Eduardo pergunta:

– O que foi?

– Não... Nada, é que ela é bem cara de pau. Fingiu que eu não estava aqui.

Eduardo brinca:

– Ela devia estar se perguntando por que uma mulher linda como você estaria com um cara como eu.

– Aham... Você sabe que eu fico envergonhada quando você diz isso.

– Mas é verdade.

– E, além do mais, você é lindo pra mim.

Eduardo, um pouco debochado, diz:
– É, eu sei... Fazer o quê?
– Convencido! – diz Anne, sorrindo.

Eles começam a comer, enquanto seus dedos se entrelaçam entre alguns intervalos. Ela declara que não vê a hora de se casar com ele, de se tornar completamente dele.

Cacete... Tenho que conseguir ficar todo esse tempo sem sexo, mas de qualquer forma só tenho que aguentar mais um pouco... Mas ainda tem a Larissa para dar aquela aliviada, caso eu não aguente... Mas Anne não merece isso. Ai, que difícil será isso, pensa Eduardo.

– O que você quer me contar, Anne? – pergunta.

Anne, pensativa, solta a mão de Eduardo e, de modo inseguro, fala:

– Ah... Eu só queria dizer que estou muito feliz por você me entender e por estarmos juntos.

Casa de Thiago e Eduardo

Após levar Anne, Eduardo vai para casa. Ao chegar, vai diretamente ao quarto de Thiago, pois ouve alguns sons. Thiago está arrumando seus pertences.

– Fala aí, homão apaixonado! – brinca Thiago.
– Fala aí, cara. E o que será de mim sem você?
– Para com isso! Deus já preencheu o meu lugar com alguém muito melhor que eu.
– Você sabe que não é a mesma coisa.
– Tenha certeza de que ela te ama e que cuidará muito bem de você, pode apostar.
– Tomara...

– Mas não se esqueça: você também tem que tomar conta dela.
– Tomarei sim, meu amigo. Pode deixar. Escuta, você tem algum remédio pra dor de cabeça?
– Acho que tenho em algum lugar, mas por quê? O que houve?
– Sei lá, estou com uma baita dor.
– Estranho, nunca te vi com dor de cabeça. Será que isso é efeito do amor?
– Tomara que seja só isso.
Thiago procura em sua bolsa algum remédio. Ao achar, entrega a Eduardo.
– Pô, cara... Valeu! Eu vou deitar, porque está doendo muito.
Eduardo sai e Thiago fala:
– Peraí, cara! Você não vai nem me contar como foi?
– Eu fiquei noivo. Só isso. Fui.
– Que isso, hein... Parabéns! Mas amanhã eu nem... Cara maluco! Me deixou falando sozinho.

....

– Não acredito que você não contou pra ele.
– Não deu, Camilla. Ele estava tão feliz...
– Vai me dizer que esse foi o único motivo, Anne?
– É... Não. Ele... pensou umas coisas sobre se aliviar com uma tal de Larissa e eu fiquei curiosa pra saber quem era.
– Caramba, Anne! Você tem que contar logo. E aproveite pra entender que cabeça de homem é assim mesmo. Isso deve passar pela cabeça deles o tempo todo, mas não

significa que eles vão fazer... Ele é um cara legal e tá doido pra se casar com você.

– Mas essa é justamente a vantagem que eu tenho em relação às outras mulheres. Saber o que ele pensa. Isso me dá segurança... E eu já me decidi: eu só contarei depois que ele se casar comigo, pois só assim eu saberei se ele me esperou mesmo e se me ama de verdade.

– Mas, Anne... Bom, amiga. Você que sabe. Talvez, se eu estivesse em seu lugar, faria o mesmo, então é melhor eu ficar quieta e não te julgar. O meu conselho está dado.

– Obrigada, de qualquer forma. Eu te amo! Ainnnn... Nós vamos viajar no final da semana que vem para Trindade para marcarmos a data do casamento.

– Vocês vão viajar? Mas, Anne, você tem certeza de que devem ficar sozinhos assim?

– Assim como?

– Assim, só vocês dois?

– Como assim só vocês dois? Queria que tivesse mais alguém, tipo você?

– Não é isso que eu estou querendo dizer...

– Então o que você está querendo dizer, Camilla?

– Bem, você está querendo casar virgem, certo? Ele tentará respeitar isso, o que será um esforço tremendo para um homem que já deve ter feito sexo várias vezes com outras mulheres, mas se vocês ficarem em um lugar bem distante, só vocês dois sozinhos, no mesmo quarto, na mesma cama, receio que não conseguirão concluir esse objetivo.

– Você tem total razão, mas está se esquecendo da vantagem que eu tenho de conhecer os pensamentos dele. E ele me respeitará, tenho certeza.

– Não é apenas isso, amiga. E você? Vai respeitá-lo? Da última e primeira vez que ficaram em um quarto sozinhos, foi você quem deixou chegar ao ponto que chegaram.

– Eu sei, mas o que você me sugere? Que levemos você, ou que eu e ele não fiquemos juntos? Isso é que ele não entenderá!

– Não... Não estou dizendo pra fazer isso, e sim pra vocês não viajarem.

– Como vamos nos conhecer melhor dessa forma? Eu preciso conhecer o homem com quem pretendo me casar.

– Bom... Você que sabe, só estou tentando ajudar.

– Eu sei, amiga, e agradeço por sempre se preocupar comigo. Me dá um abraço!

– Eu te amo e só quero ver você ser feliz, apenas isso.

– Eu sei, amiga. Eu também te amo muito! Agora vamos dormir!

Uma semana depois

É sexta-feira de manhã. Anne e Eduardo se preparam para viajar. Ela passa para buscá-lo em seu carro. Anne havia pedido permissão para faltar, mas ele nem avisou que faltaria, pois queria ser mandado embora. A ideia já não agradava muito a Anne, já que eles iriam se casar. Thiago já havia saído de casa para morar com sua noiva e Eduardo estava transformando o quarto de Thiago em um estúdio para trabalhar em seu projeto pessoal. Ele coloca suas coisas no carro dela e ela percebe que ele não está muito à vontade dentro do carro. Era a primeira vez que ele entrava no carro de Anne. Anne, ao notar seu desconforto, resolve lhe perguntar se está tudo bem e segura em sua mão para ouvir seus pensamentos e saber se ele falará a verdade.

– Está sim. Eu fico assim mesmo quando vou viajar.

Ela, já conhecendo seus pensamentos, insiste:

– É só isso mesmo? Você pode se abrir comigo se quiser.

Só espero não me arrepender desta viagem assim como me arrependi da outra, pensa ele.

– Está tudo bem. Não se preocupe.

– Você tem algum trauma de viagem? Tipo, já sofreu um acidente ou perdeu alguém querido? – pergunta ela.

– Não.

– Olha, eu preciso saber dessas coisas! Vai que te dá uma louca na estrada quando for sua vez de dirigir! – ironiza ela, sorrindo.

Ela vai me deixar dirigir, nossa! Ela é mesmo diferente. A Patrícia não me deixou dirigir nem uma vez, pensou.

– Não é nada disso. Eu não tenho nenhum trauma desse tipo, mas gostei da ideia de me deixar dirigir – explica-se, sorrindo e relaxando.

– É claro que você vai dirigir, por acaso eu sou sua motorista particular?

– É que eu achei que vocês mulheres não gost...

– Achou errado! Estamos viajando juntos e vamos dirigir juntos, certo? – ela indaga, olhando em seus olhos, e o beija.

– Certo! – afirma ele, retribuindo o beijo, contente ao ouvir tudo aquilo.

Ela solta sua mão e dá a partida no carro.

– A viagem é longa e você terá bastante tempo pra me explicar direitinho o motivo desse trauma – insiste ela, disfarçadamente, para que ele conte a verdade.

....

– Ei! Eduardo! Acorda! Já chegamos – ela o desperta, e ele acorda assustado.
– Me desculpe! Nossa... Quanto tempo eu dormi?
– Bastante, mas eu também dormi...
– Mas não tanto quanto eu. Você acabou dirigindo bem mais.
– Larga de ser chato. O importante é que nós conseguimos chegar bem, graças a Deus.
– É verdade. Onde estamos?
– Estamos no estacionamento da pousada. Precisamos correr para aproveitar o dia.

Eles passam pelo lobby da pousada. Ao entrarem na suíte reservada por Anne, eles começam a arrumar suas coisas com timidez. Eles arrumam e se olham meio sem jeito por estarem no mesmo quarto e não poderem se tocar como gostariam, mas Anne resolve se aproximar dele. Ela segura em sua mão para ouvir seus pensamentos.

Não me olha assim... É melhor você se afastar, eu posso não resistir, já não basta estarmos sozinhos em um quarto em uma praticamente pré-lua de mel. Peraí! E se a intenção dela na verdade for essa? E se ela na verdade decidiu me dar antes do casamento? Só pode ser esse o motivo desta viagem!, pensa Eduardo.

Anne, ao ouvir o pensamento de Eduardo, solta sua mão rapidamente e disfarça, dizendo que é melhor descerem para comer algo. Ele reflete:

Nossa! Parece até que ouviu o que eu estava pensando.

– E agora que já comemos, qual é o próximo passo, senhorita Anne?
– Agora eu vou lá em cima colocar meu biquíni, já que eu sei que você já está de sunga. Espera aqui que eu já volto.
– Ok. Eu não vou a lugar algum mesmo.

Dez minutos se passam e ela finalmente desce, com um biquíni estampado com a arte do Romero Brito, uma bolsa de praia e óculos de sol presos a seus cabelos cacheados. Ela praticamente vem desfilando pelo lobby, enquanto homens e mulheres olham para ela: homens, desejando seu corpo; mulheres, invejando-o. Eduardo, cheio de jactância, segura em sua cintura e dá um beijo rápido para mostrar que ela pertence a ele.

Eles seguem em direção à praia, que é bem próxima à pousada. Com a chegada do calor, a praia estava cheia. Anne segura firme a mão de Eduardo.

Caramba! Como tem mulher gostosa nessa praia! Mas, mesmo assim, Anne é incomparável a elas... Sem dúvida hoje será o dia mais difícil que já passei com uma mulher em minha vida... Olha esses seios, olha essa bunda. Como vou resistir a tudo isso?

– Tudo isso será seu quando nos casarmos – responde ela aos pensamentos dele em voz alta.

Ele fica sem graça e surpreso, ela fica vermelha e constrangida. O silêncio perdura alguns instantes, então ele pergunta:
– Por que você está me dizendo isso?

Ela, em meio aos gaguejos, responde:
– Eu só quero que você saiba que eu sou sua... Que eu te desejo da mesma forma que você me deseja e que

não vejo a hora de nos casarmos para que eu possa ser sua por completo.

– Anne, olhe em meus olhos! Eu quero que você saiba que não estou com você só porque você é virgem e gostosa... Estou também porque eu sei que você me fará feliz e que seremos muito felizes juntos.

– Então vamos marcar a data mais tarde? – pergunta ela, toda animada.

– O dia que você quiser – responde ele, rodando Anne e sorrindo de felicidade.

Anne sorri e o beija intensamente. Eduardo corresponde meio sem jeito.

Já não gosto de beijar em público, ainda mais na praia com uma mulher toda gostosa assim. Aposto que todos estão nos olhando, pensa ele.

Anne, ao ouvir, fica sem graça e para de beijá-lo imediatamente.

– Eduardo, posso te fazer um pedido?
– Sim.
– Você me contou como foi sua última viagem a dois e tal, e eu te entendo, mas eu gostaria que você relaxasse, que você me desse uma chance de te mostrar que nossa viagem será diferente. Eu sou diferente dela. Você sabe que eu também tive um trauma com meu ex, mas você está me fazendo esquecê-lo a cada dia. Cada dia ao seu lado tem sido maravilhoso... Você tem me feito tão bem... Você não tem ideia. Tenho certeza de que você me fará muito mais feliz quando nos casarmos. Eduardo, eu amo você e eu quero me casar com você, ter filhos, envelhecer ao seu lado.

Eduardo, ao ouvir tudo isso, mergulhado nos olhos azuis de Anne, fica sem reação, com cara de quem não acreditava que ela estava se declarando daquela forma para ele. Nunca nenhuma mulher tinha se declarado dessa maneira para ele. Ele acaba deixando uma lágrima escapar e diz que também a ama, e que também quer se casar, ter filhos e envelhecer ao lado dela. Os dois se beijam rapidamente e se abraçam.

Eles ficam a tarde inteira na praia e chegam cansados na pousada. Eduardo reclama que sua cabeça está latejando um pouco e resolve ficar lá embaixo para tomar um remédio. Anne se oferece para ir com ele, mas ele diz que ela pode subir para tomar banho e ficar à vontade, e que ele ficará esperando ela descer. Ela concorda e sobe. Anne termina de se arrumar e, quando abre a porta do quarto, Eduardo cai para dentro, dando um susto nela.

– Garoto! Tá maluco? Você está bem? O que você estava fazendo aí na porta? – indaga ela, segurando-se para não rir.

– Eu estou bem, sim... Eu sei lá... Eu estava pensando na gente encostado na parede, enquanto aguardava, aí eu comecei a rolar até a porta, você abriu e deu nisso – explica-se, constrangido.

Ela não consegue se controlar e começa a rir sem parar. Ela o abraça e pede desculpas por estar rindo. Ele diz que tudo bem.

– Dei mole mesmo – concorda ele, sorrindo também.

Anne beija Eduardo, segura em sua mão e pergunta sobre o que ele estava pensando.

– Estava pensando o quanto será difícil dormir ao seu lado esta noite sem nem poder encostar em você.

– Também não exagera! É claro que você poderá se encostar mim, só não profundamente – brinca ela, fazendo-o rir.
Eu estou há tanto tempo sem sexo que já está difícil encostar nela e não ficar de pau duro. Acho melhor eu dormir no carro, pensa.
– Não! Você não precisa dormir no carro por causa disso! – exclama ela em voz alta, ao ouvir o pensamento dele.
– O quê? Como você sabe que eu quero dormir no carro?
– Eu... Eu não sei, só estou deduzindo... Sistemático do jeito que você está sendo... Vai acabar propondo isso – disfarça Anne, enquanto vira de costas para ele.
– Eu estava pensando justamente nisso. Nossa! Parece até que você sabe o que eu penso.
– Pode ir tirando essa ideia da cabeça, pois eu não vou dormir sozinha! – exige ela.
– Vamos ver. Agora você vai lá pra baixo que é a minha vez de ficar sozinho pra tomar banho...
– Mas eu ainda não terminei de falar...
– Então terminaremos depois – diz ele, empurrando-a gentilmente para fora e fechando a porta.
Nossa! Que vacilo que eu dei! Burra, burra! Espero que ele tenha engolido essa!, pensa Anne.
Nossa! Que bizarro! Ela manda umas do nada, como se soubesse o que eu estou pensando. Esta noite não vai ser fácil mesmo, vai ser hard. *Caramba! O que eu vou fazer? Tenho uma noiva gatíssima e não posso fazer nada com ela. Aff, que merda! Eu vou ter que ligar para a Larissa, não estou aguentando! Não, eu não posso fazer isso com ela... Eu não posso fazer isso.*

Ele pega o celular para ligar.

Quase meia hora depois, Eduardo desce com um sorriso falso. Anne, em meio a sorrisos, murmura, dizendo que já estava quase subindo atrás dele para saber se estava tudo bem. Eduardo pede desculpas pela demora e os dois seguem para tomar o café da tarde.

Eles sentam para comer. Anne percebe que Eduardo está ainda mais animado e fica ansiosa para saber o motivo. Os dois acabam de comer e ela logo segura em sua mão para ouvir seus pensamentos. Ele começa a se lamentar.

Perdoe-me, Anne. É mais forte do que eu. Não me olhe assim. Será apenas sexo. Eu amo você, mas ficar sem sexo até o casamento vai ser foda! A Larissa é a única que aceitaria sair comigo só por sexo, sem me cobrar sentimentos. Não, mas eu não quero te perder...

Anne, ao ouvir, fica enfurecida e não consegue controlar seus sentimentos. Seus olhos se enchem d'água, mas não desce nenhuma lágrima. Ela solta a mão de Eduardo. Ao notar a mudança de humor dela, ele pergunta o que havia acontecido.

Ela responde com outra pergunta:

– Quem é Larissa?

Ele fica sem reação ao ouvir isso e apenas se pergunta:

Como é possível ela saber sobre a Larissa? Será que ela grampeou meu celular? Só pode ser isso!

– Como você sabe dela? – ele indaga em voz alta.

– Não interessa como eu sei. Me responda: quem é ela? – pergunta ela novamente, levantado o tom da voz, fazendo todos olharem para eles.

– É uma amiga, apenas.

– Transamos com amigos, Eduardo?
– O quê? Peraí! Como você sabe que eu quero transar com ela? Você por acaso grampeou meu celular?
Ele se retira indignado para o quarto. Ela corre atrás dele, segura em sua mão e diz que não faria isso. Ao mesmo tempo, ela escuta:
Eu tinha razão, ela é igual à Patrícia...
– Eu não sou igual à Patrícia! – grita ela, levando a mão à boca logo em seguida, como quem se arrependeu de dizer algo.
Ele trava, pensa por alguns segundos e faz a pergunta que Anne mais temia ouvir.
– Como sabe que eu estou pensando isso?
Anne fica sem reação. Ele se aproxima dela.
– É possível que você consiga escutar meus pensamentos?
Ela desvia o olhar com vergonha, como uma confirmação. Ele fica com um olhar incrédulo e se afasta dela, colocando a mão na cabeça, não acreditando em tal possibilidade. Ele segue para o quarto em passos lentos, ela entra atrás dele.
– Como isso pode ser possível?
– Eu não sei...
– É por isso que você sempre fez questão de segurar as minhas mãos o tempo todo... Todo esse tempo você esteve um passo à minha frente. Por que você nunca me contou?
– Eu tentei... No dia em que você me deu o anel... Mas aí você pensou nessa mesma Larissa e eu desisti. Olha... Eu sei que eu errei, mas eu te amo! O meu amor por você é verdadeiro...

– Amor verdadeiro? Agora tudo faz sentido! Você se apegou a mim porque sempre pode saber o que eu vou fazer ou pensar. E eu achando que uma mulher linda como você fosse se apaixonar de verdade por mim...
– Mas eu sou apaixonada de verdade por...
– Mentira! Não me vem com essa! Me responda! Você ouve os pensamentos de outros homens também?
– Não, não, apenas os seus.
– Tá vendo? Eu sou o único idiota que você pode controlar e invadir o mais alto nível de privacidade que existe. Você é tão insegura, mimada, egoísta, imatura, que me encontrar só serviu para aguçar ainda mais esse seu lado... Eu estava errado em comparar você com a Patrícia, pois você consegue ser pior do que ela!
– Me desculpe, Eduardo! Eu devia ter te contado logo no início...
– Agora é tarde. Eu levarei meus pensamentos para longe de você, o mais longe possível! Caramba! Você sabia que isso é a maior invasão de privacidade que existe? Isso está acontecendo mesmo? Isso é um absurdo! Eu ia me casar com você por amor e você só ia se casar comigo porque pode ouvir meus pensamentos, poderia me controlar...
– Não...
– Não minta pra mim! Uma patricinha como você interessada por mim... Eu me iludi mesmo.
– Eduardo...
– Não se aproxime de mim!
– Você fala isso como se fosse um monstro! Como se nenhuma mulher se interessasse por você pelo que você é.
– Já chega! Eu vou embora!

– Sozinho?
– É claro! Não aguento nem mais um minuto ao seu lado.
Eduardo, chorando, pega suas coisas, sai e bate a porta. Anne desaba em lágrimas.

Segunda-feira

– Cara... Que merda, hein! – expressa-se Léo, rindo ao ouvir a história.
– Difícil de acreditar, mas foi isso que aconteceu – reforça Eduardo.
– Cara, que doideira! – comenta Léo, novamente rindo sem parar. – Desculpa, cara... Eu estou me segurando ao máximo.
– E eu ainda nem falei com o Thiago.
– O Thiago ainda vai dizer que é pra você ficar com ela, quer apostar?
– Acho que ele não é tão insensato assim. Ele faria o mesmo que eu. Aliás, qualquer homem faria o que eu fiz.
– É verdade. Por mais linda e gostosa que a mulher seja, acho que qualquer homem fugiria dela – afirma Léo.
O celular de Eduardo toca. Ao ver que era Camilla, ele sai da sala de Léo para atender. Fazendo expressão de impaciência, ele atende e, sem nem ao menos deixá-la falar, já vai jogando toda sua raiva em cima dela.
– Esperava mesmo que você fosse me ligar, já que você é a advogada dela, mas acho que desta vez quem vai contar uma história triste será eu.
– Se você acha que tem razão em toda essa história e que eu sou tão cúmplice quanto ela, venha falar comigo pessoalmente na mesma lanchonete que nos encontramos

naquele dia, no mesmo horário, assim você poderá apresentar os fatos. Poderá julgar e me condenar pessoalmente. Se tiver coragem, claro!

Tutututututututu.

– Espera! Eu nem falei direito, sua... maluca! – grita ele, olhando para o celular e fazendo todos olharem para ele dentro da área de trabalho.

– O que foi que houve, cara? – pergunta Léo, sorrindo do escândalo que ele fez.

– Era a Camilla, amiga da Anne. Ela quer falar comigo pessoalmente sobre o que houve.

– Não me diga que ela quer defender a amiga!

– Não sei, mas é bem capaz.

– E você vai ao encontro dela?

– Vou ter que ir. Ela desligou na minha cara e eu quero falar umas verdades pra ela também, já que ela sabia de tudo e não me contou nada.

– Cuidado pra ela não fazer você mudar de ideia.

– Nem Deus me faria mudar de ideia – resmunga ele, retirando-se para encontrar com Camilla.

– Espera aí! Você vai largar o trabalho de novo? Desse jeito você vai levar justa causa, seu Zé Mané! – questiona Léo.

– Dane-se!

....

– Anne, eu preciso falar com você sobre a feira... Nossa! Você está chorando. Me desculpe por abrir a porta sem bater, ela estava meio aberta. O que houve? Alguma coisa que eu possa fazer por você?

– Não. Está tudo bem, William, eu só estava com um cisco no olho...

– Vocês, mulheres, sempre com essa desculpa. Essa já está meio batida, vocês têm que inovar um pouco, tipo: "Um cílio caiu nos meus olhos, fui pegar algo na minha bolsa e apertei o spray de pimenta em meus olhos" – ele tenta distraí-la.

– Até que essas ideias são ótimas – concorda ela, sorrindo.

– Eu não quero bancar o chato, mas nós precisamos sentar pra conversar sobre a feira e eu já estou ficando sem graça, pois já perdi a conta de quantas vezes te convidei pra tomar café e, bom, eu preciso de uma resposta sua!

– Nossa, William! Me desculpe! Eu... Eu lamento se houve irresponsabilidade e má educação de minha parte, eu não tive essa intenção...

– Calma! Eu sei disso. Eu sei que você é ocupada, por isso quis vir aqui mais uma vez falar com você.

– Obrigada por não desistir de mim! Nós podemos tomar esse café hoje?

– Por mim tudo bem. Eu estou em horário de almoço mesmo, mas você tem certeza de que hoje é um bom dia pra isso?

– Me dê apenas dez minutos, preciso retocar minha maquiagem, então passo na sua sala pra te chamar.

– Bom, eu acho que você já está linda assim, mas sei como vocês mulheres são. Vou aguardar.

– Obrigada mais uma vez. Eu não demoro.

••••

Duas horas depois, Eduardo volta e encontra Léo na saída do elevador. O amigo comenta, ao vê-lo:
– E aí? Como foi lá? Esculachou ela também?
– Depois eu te conto. Eu estou cheio de dor de cabeça...
– Ih... Saiu daqui na maior pressão e voltou assim. Já vi que ela te levou no papo...
– E você vai aonde?
– Vou sair com Alice.
– Não quer outra vida agora, hein.
– Melhor que ficar sofrendo aí como você.
– Tchau, Léo. Até amanhã – despede-se Eduardo, dando as costas para o amigo, que entra no elevador.

....

– E aí? Como você está? – pergunta Camilla assim que Anne entra no carro.
– Estou melhor. Hoje foi tão difícil no trabalho...
– Imagino.
– Até o engenheiro novo me viu chorando.
– Nossa, que chato!
– Muito... Mas eu vou superar...
– Eu me encontrei com ele hoje.
– Com ele quem?
– Com o Eduardo.
– Você o quê? – grita Anne desacreditada e com raiva. – Camilla, você tem problemas? Por que fez isso? O que você tinha pra falar com ele?
– Muitas coisas. A começar pelas desculpas que eu devia a ele por encobertar você...

– Eu sou sua amiga...
– Isso não quer dizer que tenho que compactuar com tudo que você faz, Anne...
– Era só o que me faltava. Minha melhor amiga me julgando também.
– Fica calma que eu não me encontrei com ele apenas pra fazer sua caveira.

Alice, a gostosa!

– Ai, Alice! Como você é gostosa!
– Você também é maravilhoso!
– É uma pena você não querer ficar comigo...
– Não começa, Léo! Eu estou aqui com você.
– Tá bom, parei. Não vou estragar nossa tarde.
– Que bom!
– Não quero ficar brigando com você, já bastou ouvir a relação maluca do meu amigo – comenta Léo, rindo sem parar.
– E o que tem de tão engraçado na relação deles pra você ficar rindo sem parar desse jeito?
– Você não vai acreditar se eu te contar. É surreal demais... É coisa de filme!
– Fala logo! – exige Alice, curiosa e sem paciência.
– A noiva dele pode ouvir os pensamentos dele. Quer dizer, a ex-noiva.

Alice, com cara de quem não entendeu, pergunta:
– Como assim ela pode ouvir os pensamentos dele? Que papo maluco é esse?
– É sério! Ela consegue ouvir os pensamentos dele toda vez que segura sua mão. Eu sei que parece loucura, mas é verdade – esclarece Léo.
– Não! Isso é impossível! O quê? Ela é um tipo de mutante?

– Eu também não acreditaria se ele não fosse meu amigo. Ele também não sabia disso. Ele até terminou com ela quando descobriu.
– Mas como assim ele descobriu? Ela nunca contou pra ele?
– Que mulher contaria isso pro seu parceiro? Isso é o que toda mulher deseja saber.
– Isso é verdade! Que loucura, menino! Tudo tem uma explicação científica.
– No caso deles, tem a ver com o choque que ela dá nele. Somente com ele que ela consegue fazer isso...
– Choque? Como assim ela dá choque nele? – pergunta Alice, perplexa.
– Quando ela segura a mão dele, ele leva um choque. Aí ela passa a ouvir tudo o que ele pensa.
– E qual é o nome dela?
– Anne.
– Anne? – pergunta ela, assustada com a resposta.
– Sim. Você a conhece?
– Acho que não. Ela é morena de cabelos enrolados?
– Não. Ela é loira de cabelos enrolados e tem olhos azuis.
Alice leva as mãos à boca, não acreditando no que acabara de ouvir, com a certeza de que Léo falava a respeito de sua irmã.
– O que houve? Por que ficou tão assustada?
– Nada de mais... Foi pela coincidência. E eles já estão juntos há muito tempo?
– Não muito. Deve ter uns dois meses ou menos, acho.
– Não é tanto tempo assim.

– Ainda bem, pois com apenas esse tempo ele já ficou noivo dela, maluco!
– Maluco mesmo! – concorda ela com o pensamento longe. – Léo, eu preciso ir. Eu tenho um compromisso.
– Mas já? Nós só transamos uma vez!
– Eu sei. Nem precisa me pagar. Pode deixar por conta da casa. Depois eu te recompenso por isso – diz ela, pegando suas coisas às pressas.
– Eu vou cobrar mesmo! – grita ele, inconformado.

....

Eduardo volta para casa após se encontrar com Thiago. Ao colocar uma música para ouvir, chamada "Burnin' love", ele começa a refletir sobre sua conversa com Camilla e Thiago, e sobre as suas opiniões e conselhos sobre ficar ou não com Anne.

"Eduardo, por mais que Anne tenha errado, você nunca poderá dizer que ela não te ama. Ela te esperou todo esse tempo. Ela errou, sim, em não ter contar a verdade, mas você não é nenhum santo nessa história. Sei que você a ama e sei que é o homem certo pra ela. Sei que ela é a mulher certa pra você, e você também sabe disso."

"Eduardo, você pode achar tudo isso uma loucura, e de fato é, mas é com você que está acontecendo tudo isso. Caramba! É tão bizarro e tão especial, cara! Imagina por um instante ela perdoando você!"

"Ela me perdoando?"

"Sim, pois você estava pronto para traí-la, não é?"

"Sim, mas..."

"Sem 'mas'! Agora imagina comigo que você decidiu perdoá-la, que você vai provar a ela que seus pensamentos pertencerão apenas a ela e que não haverá problema em andar de mãos dadas com ela, pois ela será a única mulher que preencherá sua mente! Você consegue enxergar isso, Eduardo?"

Tais conselhos fizeram Eduardo rolar na cama a noite toda. No dia seguinte, tendo passado a noite praticamente em claro, ele chega ao trabalho e não consegue trabalhar direito, pensando em que decisão tomar. Léo vai até sua mesa, bate em suas costas e pergunta como ele está. Ele nem responde e sai correndo em direção ao elevador. Ao ver que o elevador demoraria, decide ir pelas escadas. Léo o chama de maluco por não entender o fato de ele sair correndo.

Mais cedo...

Anne entra em sua sala e vê que tem um lindo buquê de flores amarelas em sua mesa com um bilhete escrito: "Flores para que seu dia seja melhor que o anterior".

William chega na hora e diz:

– Espero que goste da cor amarela.

– Então foi você. Nossa! Obrigada – agradece Anne, dando um abraço nele.

– Não precisa agradecer. É o mínimo que eu poderia fazer depois de entrar em sua sala sem bater e vê-la chorando.

– Não precisava se preocupar com isso!

– Foi um prazer! Qualquer coisa, eu estarei na minha sala.

– Pode deixar! Eu me lembrarei disso, obrigada.

Agora...

 Anne desce para ir embora com seu buquê de flores nas mãos e se depara com Eduardo parado na porta do prédio.
– Precisamos conversar!
– Pensei que já havíamos conversado. – Ela anda em direção ao estacionamento.
– Não o suficiente.
– Você acha que não estou sofrendo o suficiente?
– Eu também estou sofrendo, Anne. A Camilla te falou que ela conversou comigo ontem? – insiste ele, andando atrás dela.
– Me desculpe por isso mais uma vez... Eu não pedi pra ela fazer isso. Ela é uma intrometida e eu não preciso dela como advogada...
– Ela é uma ótima advogada!
Ela então se vira e diz:
– Vai descarregar seu ódio logo ou ainda vai demorar?
– Anne, eu estou com muita raiva de você... O fato de você não me contar que tem esse poder... ou dom... Sei lá que negócio é esse... – tenta explicar Eduardo com lágrimas nos olhos, mas Anne lhe dá as costas e sai andando em direção ao seu carro. Ele corre atrás dela e para na sua frente. – Anne, por favor, me ouve!
– Ouvir o quê? Você me humilhar? Você acha que eu pedi pra ser essa aberração? Acha que também não estou me sentindo mal com tudo isso? Acha mesmo que eu preciso de você me lembrando de que eu estraguei tudo?
– Não fale isso. Você não estragou nada! Fui eu. Eu sou um idiota, Anne – explica-se, enquanto ela continua andando.
– Não brinque assim comigo, Eduardo! – grita ela, chorando com ele.

Ele também grita com ela chorando.
– Eu não estou brincando... Me perdoa por ter magoado você, me perdoa por ter desejado outra mulher, me perdoa!
Um silêncio paira por alguns segundos. Apenas se ouve o sugar das narinas. Eduardo quebra o silêncio:
– Eu não posso mais viver sem você! Eu preciso muito de você em minha vida. Me deixa provar que eu posso te amar assim como você me ama.
Ele pega na mão esquerda de Anne com sua mão direita e pergunta:
– Está ouvindo?
Anne então sorri para ele.
– Só funciona com a mão direita.
– Sério? Tem isso ainda... – indaga ele, com cara de bobo.
– Sim.
Ela, então, troca o buquê de mão e segura na mão esquerda dele.
Me deixa provar que você será a única mulher em meus pensamentos! Casa comigo?, pensa Eduardo.
– Você tem certeza disso? Tem certeza de que quer continuar com essa aberração?
– A única certeza que tenho é de que não posso mais viver sem você! Eu amo você e quero me casar o mais rápido possível...
Anne cala a boca de Eduardo com um beijo e deixa o buquê cair. Os dois se abraçam forte, fazem juras de amor e pedem perdão um ao outro. O celular de Anne toca. Ao ver que é Camilla, resolve atender.
– Anne! Onde você está? Já tem quase meia hora que estou te esperando aqui!

– Desculpa! É que o Eduardo veio falar comigo agora na saída...
– O quê? Ele foi aí falar com você? Mas ele está aí ou já foi?
– Ele está aqui, e, sim, nós fizemos as pazes.
– Ai, que legal, amiga! Isso é maravilhoso! Eu sabia que ele era um cara esperto.
– Para, sua boba! Eu já estou indo.
– Você quer ficar com ele aí? Eu posso ir embora sozinha.
– Eu não sei. Você não ficaria chateada?
– É claro que não! Vê com ele aí.
– Ela quer saber se vamos ficar juntos o resto da noite.
– Eu adoraria, mas estou de moto e não quero atrapalhar a rotina de vocês. É melhor deixarmos para nos ver amanhã; já tivemos emoções demais por hoje.
– Concordo. E eu também não tenho dormido direito. Nem você, pelo visto – concorda Anne, debochando de sua péssima aparência.
– Então nos vemos amanhã? – pergunta ele, sorrindo e dando beijinhos nela.
– Sim. Na minha casa às oito da noite? – confirma ela, toda sorridente.
– Estarei lá.
– Camilla! Estou indo aí. Deixamos para nos encontrar amanhã.

Ela vai nos separar?

No dia seguinte, Eduardo conta ao Léo a novidade.
– Você é maluco ou o quê? Quem foi que disse que nem Deus mudaria sua opinião?
– Acho que falei demais e ele mostrou quem é que manda.
– Você tem problemas! Acha mesmo que não terá outros problemas com ela? Cara, você acha mesmo que o único problema será o fato de ela saber que você está pensando em outra mulher? Ela saberá quando você estiver com fome, sem fome, com ou sem vontade de meter, mentindo ou falando a verdade, e até quando você deixar de amá-la. Até mesmo quando você estiver com vontade de cagar!
– Não seja tão dramático! Eu tenho outra novidade pra te contar.
– Impossível! Tem mais ainda? Não me diga que você já conseguiu engravidá-la?
Eduardo não aguenta, com a mente criativa de Léo, e responde aos risos:
– Não, cara, eu ainda nem transei com ela.
– Menos mal! – desabafa Léo, com alívio.
– O quem tem de novidade, então?
– A editora aceitou o quadrinho! – grita Eduardo, feliz.
– Que maravilha, cara! Me dá um abraço aqui! Isso merece uma comemoração!

– Merece, sim! – concorda Eduardo, cheio de alegria.
Por um instante, eles ficam em silêncio.
– Você já é grandinho... Se acha que pode ser feliz ao lado dela mesmo desse jeito, vai fundo! Ficarei feliz e estarei torcendo pra nunca dar errado como o meu tem dado.
– Obrigado, amigo. Eu vou ter que sair da empresa de qualquer jeito agora. Você ficará bem sem mim?
– Vou sobreviver.
– Você sabe que ainda terá que me ajudar na HQ.
– Eu sei. Não vou te deixar na mão, pode deixar – afirma Léo, com os olhos cheios de água.
– Vou lá. Tenho que adiantar o trabalho que deixei de fazer ontem.
– Sai logo daqui antes que você me veja chorar.
O celular de Léo toca.
– Oi, Alice. Que surpresa você me ligar!
– *É que bateu uma saudade de você.*
– Hum! Se estiver com saudades, é lógico que vai querer me ver hoje.
– *Só se você merecer. E como está seu amigo e a noiva dele mutante que ouve pensamentos?*
– Você não vai acreditar! Ele voltou pra ela. Ele é maluco.
– *O quê? Ele aceitou ficar com ela, mesmo sabendo que ela ouve os pensamentos dele?*
– Ele é doido. Ele a perdoou e cismou que vai se casar com ela.
– *Ele não pode fazer isso!*
– Ele já resolveu, e ninguém consegue convencê-lo do contrário quando ele cisma com uma coisa.
– *Isso é o que nós vamos ver.*

– O quê? Como assim "nós vamos ver"? Por que você está tão interessada em separá-los?
– *Por nada. Eu só não quero ver mais um homem frustrado em seu casamento.*
– Não precisa fazer piadinhas comigo, Alice!
– *Vamos mudar de assunto!*
– É melhor!
– *Eu posso ir aí no seu trabalho hoje?*
– Como assim vir aqui no meu trabalho? Tá maluca?
– *Eu já estou cansada de transarmos em motéis. Já pensou em você me comendo aí na sua sala?*
– Sua safadinha! Até que isso não é uma má ideia... Já estou até ficando com tesão!
– *Mas você não divide a sala com o seu amigo?*
– É claro que não. A sala é só minha.
– *Então daqui uma hora estarei aí.*
– Ok. Estarei lhe esperando.
A chamada é encerrada.
– Eduardo!
– Já está com saudades?
– Alice virá aqui.
– Como assim Alice virá aqui? Não me diga que você está pensando em...
– Fala baixo, seu retardado! Quer que todo mundo escute?
– Foi mal! Você está maluco? Vai fazer isso mesmo?
– A ideia foi dela.
– E você nem pensou em discordar?
– É claro que não! E você vai ter que me ajudar.

– Como assim eu vou ter que te ajudar? Se você não está mais dando conta, por que continua saindo com ela?

Léo dá um tapa na cabeça de Eduardo.

– Não é desse tipo de ajuda que eu estou falando, seu otário!

– Ah, tá! Foi mal! Pensei que você já estivesse broxa.

– Broxa vai estar você quando for para a lua de mel, de tanto tempo que não come ninguém.

– Já está pegando pesado.

– Foi você quem começou.

– Enfim. Como é que é essa ajuda aí?

– É o seguinte: se um dos diretores ou qualquer pessoa chegar precisando falar comigo, você diz que eu estou em reunião com uma cliente muito importante.

– Só isso?

– Sim. Quer mais o quê?

– Tipo... cliente de que empresa?

– Droga! Não sei! Pensa em algo aí.

– Eu que tenho que pensar?

– Eu segurei a tua barra aqui ontem, tá?

– Tá bom. Que tal do ramo de cosméticos?

– Perfeito! Você é o cara! O quê? Ela já chegou?

– Cadê? Nossa! Ela é linda e gostosa mesmo! – comenta Eduardo ao ver a beleza e o corpo de Alice.

– Pode ir tirando o olho!

– Foi apenas um comentário.

– E eu não sei que você é louco por loiras... Oi, Alice. Tudo bem?

– Sim, e você?

– Melhor agora! Esse é meu amigo Eduardo.

– Ah, claro! O famoso Eduardo, o rapaz que tem a noiva mutante.

– Peraí... Você contou pra ela?

– Vamos todos até minha sala conversar sobre os negócios que eu explico tudo! – propõe Léo, sem graça com o comentário inesperado de Alice.

Na sala, Alice se desculpa pelo seu comentário e diz que não teve a intenção de trazer transtorno, pois Léo em momento algum lhe disse que era segredo o relacionamento do amigo.

– Tudo bem, Alice, a culpa não é sua, e sim dele, que fala demais. Nós já trabalhamos em uma revista. Imagina se o resto do pessoal fica sabendo disso! Todos vão querer nos entrevistar. Eu já estava com dor de cabeça, agora então...

– Isso é verdade! – concorda Alice com sarcasmo.

– Eu não contei pra mais ninguém, tá? Nem mesmo pra Amanda.

– Ufa! Menos mal!

– O quê você está querendo dizer? Por acaso está chamando minha mulher de fofoqu...

– Alice, você não me é estranha... Já não nos conhecemos de algum lugar?

– Será? Será que você já foi meu cliente e não me lembro?

– Que papo é esse? – pergunta Léo, com ciúmes e querendo entender.

Eduardo responde olhando firme para ela:

– Você não caberia no meu orçamento!

– Que pena! – lamenta ela.

– Já chega! Vai, vai! – diz Léo, sem paciência, colocando Eduardo para fora de sua sala.

Rapidamente, Alice mete a mão em sua bolsa.

– Eduardo, espere! Toma... É remédio pra dor de cabeça.

– Poxa, obrigado!

– Tchau, Eduardo. Foi um prazer! – grita Alice.

– Igualmente! – grita ele, já fora da sala.

– Foi um prazer? Que prazer? Prazer você vai ter agora – diz Léo, já agarrando ela.

Pensativo, Eduardo refletiu:

Eu já a vi em algum lugar, tenho certeza disso.

Alice fará tudo mudar!

— Ai, amiga... Eu estou tão feliz por você! Finalmente essa data de casamento vai sair – comenta Camilla, enquanto Anne se arruma para receber Eduardo.
— Põe "finalmente" nisso!
— Farei um croqui, o melhor croqui de todos pra você. Eu mesma vou costurar seu vestido.
— Eu confio em você e sei que fará. Como estou?
— Você está linda! Você sempre fica bem de vestido. Ele seria um homem muito burro se não se casasse com você.
— Ai! Obrigada, amiga. Eu sei que você também encontrará um homem legal.
— Espero que sim. Bom... Eu já vou, ele deve estar chegando. Desejo uma maravilhosa noite pra vocês e tome cuidado com esse vestido, hein!
— Ai, amiga. Está tão difícil ter que resistir a ele – diz Anne, sentando-se na cama com um olhar cabisbaixo.
Camilla senta ao seu lado, segura em seu ombro e diz:
— Deve ser difícil mesmo. Para ser sincera, eu não queria estar no seu lugar e não sei como aconselhá-la em relação a isso. Só quero que saiba que eu não vou te julgar. Eu acho que você já provou pra ele o quanto é capaz de cumprir sua promessa; é hora de ser feliz.
— Obrigada, amiga. Eu não sei o que faria sem você.

– Bom, chega de lamento ou começaremos a chorar e você borrará sua maquiagem. Tchau e até amanhã.
– Tchau. Dá um beijo por mim nas meninas!
– Dou sim.

Camilla abre a porta para sair e, ao ver que Eduardo já estava se aproximando, grita para Anne que ele chegou. Os dois se cumprimentam com um beijo no rosto. Camilla pede para ele entrar e ficar à vontade, que Anne estava prestes a descer. Ele começa a olhar as fotos que estão na estante, mas Anne desce as escadas e ele logo fixa o olhar nela, ao ver que ela está com um vestido branco mostrando todas as curvas do corpo e que está visivelmente sem sutiã.

– Então, como estou?
– Por que você não lê minha mente pra descobrir?
– Será um prazer! – Ela segura em sua mão.

Você está maravilhosa, ainda mais com esse vestido branco.

– Obrigada. É para você!
– Nossa! Assim você vai me deixar mal-acostumado antes do casamento.
– Será que essa não é minha intenção? – diz ela no pé do ouvido dele, pressionando seu corpo ao dele.

Eduardo, ao ver que estava ficando excitado, resolve se afastar um pouco para não perder o controle, mas ela o puxa de volta e diz para ele não fugir dela.

– Eu não estou fugindo, estou apenas evitando.
– Você quer evitar este corpo? – provoca ela, levantando seu vestido e mostrando sua calcinha de cor rosa.

Ao ter tal visão, ele entende como um sinal verde. Ele não se controla e a empurra até a estante, cheio de tesão para pegá-la de jeito.

Eu sabia que já a tinha visto em algum lugar!, pensou Eduardo.
— Viu ela quem? Minha irmã? – diz Anne, nervosa e curiosa.
— Calma! Não é isso que você está pensando.
— Então explica. Vai! Estou esperando e acho bom você não mentir pra mim! – exige Anne, sentando-se no sofá e cruzando os braços. Ele também se senta para explicar.
— Na verdade, por coincidência, eu a conheci hoje. Sabe aquele meu amigo Léo que trabalha comigo?
— Hã?
— Então... Ele sai com ela e ela foi ao escritório dele hoje, daí eu a conheci. Juro pra você que foi isso que aconteceu.
— Quer dizer que um dos seus melhores amigos sai com a minha irmã? Espera aí, esse Léo não é aquele casado, que deu uma festa na casa dele?
— Sim. Esse mesmo.
— Que safado! Ele se separou da esposa dele?
— Não.
— Que safados.
— Entre aspas, né, pois esse é o trabalho da sua irmã, sem querer ofender.
— Tudo bem. É verdade mesmo. Só espero que você nunca utilize os serviços dela!
— Não mesmo. Ainda mais agora.
— Nem antes, nem agora, nem depois! Espero que você mantenha distância dela! – exclama, intimidando-o.
— Manterei sim, pode deixar. Sabe, você ainda não me ofereceu nem um copo d'água desde que cheguei.
— É verdade, mas a culpa é sua. Você só quer beber água?

– Sim. Apenas água. Todo esse assunto me deu até dor de cabeça.

– Você anda tendo muitas dores de cabeça. Será que é por causa dos choques? – grita ela da cozinha.

– Acho que não, pois eu quase nem os sinto mais. Acho que é porque passo muito tempo diante do computador – comenta, indo até a cozinha atrás dela.

– Que bom que não é por causa de mim, mas você devia mesmo assim ir ao médico, pois pode ser por falta de óculos.

– Será? Não quero ter que usar óculos.

– Melhor do que ficar com dores de cabeça – diz ela, entregando o copo para ele.

– Muito melhor mesmo. Eu já tomei uma cartela inteira hoje.

– Nossa! Você vai ao médico amanhã mesmo, hein!

– Como você é mandona! Me desculpe! Nossa, eu sou um desastrado mesmo! – ele disfarça ao derrubar água no vestido dela na altura dois seios, pois ele sabia que ficaria transparente por ser branco.

– Tudo bem, acontece. Eu vou trocar.

– Não. Deixa que eu seco, eu faço questão – diz ele, tirando sua camisa para secar o vestido dela.

Anne, ao perceber sua verdadeira intenção, segura em sua mão e começa a beijá-lo. Ele, percebendo que ela também está a fim, a levanta, a põe em cima da mesa e começa a beijar seu pescoço.

Tem certeza de que você quer isso?, ele pensa.

Ela responde mordendo os lábios, confirmando com a cabeça. Ele a deita na mesa e a puxa, descendo a língua pelo pescoço dela em direção a seus seios.

Maldita dor de cabeça! Está doendo muito!, também diz ele em seus pensamentos.

— Eduardo, você ainda está com dor de cabeça? Por que não me avisou? – exclama ela, que se levanta rapidamente preocupada com ele, cortando todo o clima.

— Não estava doendo tanto quanto agora.

— Senta no sofá que eu vou pegar um remédio.

— Não, por favor! Eu já tomei remédios demais por hoje.

— Você tem certeza?

— Tenho sim, obrigado.

— Então eu vou pegar gelo pra dar uma aliviada.

— Obrigado.

Ela volta com o gelo. Ele o coloca na cabeça e os dois começam a se lamentar.

— Acho que não é mesmo pra acontecer antes do casamento – diz ele, tentando sorrir.

— É verdade – concorda ela, acabando-se em risos.

— O lado bom de tudo isso é que, se você não tivesse feito essa promessa, teria se casado com outro homem e nós não seríamos um do outro hoje.

— É verdade. Eu prometo a você que valerá cada segundo! – diz ela, enchendo-o de beijinhos.

— Eu te amo, Anne. Estou te amando cada dia mais e mais... Não aguento mais ficar sem você nem por um dia. Vamos marcar logo essa data de casamento antes que eu morra!

— Não fala assim! Você não vai morrer coisa nenhuma, nós vamos nos casar e ter filhos e ficar velhinhos.

— É tudo que eu mais quero.

— Então... Que tal dia 7 de junho? É daqui a dois meses – propõe ela.

– Não está longe demais? Eu quero me casar com você amanhã!

– Ai, que fofo! Eu também quero, amor, mas sabe como é: tem a burocracia, temos que ver onde vamos morar, essas coisas...

– É verdade! Você tem razão... Me esqueci dessas coisas. Anne, onde fica mesmo o banheiro?

– No final do corredor. Por quê?

– Eu vou vomitar.

Ele sai correndo para o banheiro e tranca a porta. Anne fica desesperada, querendo saber se ele está bem, pedindo para ele parar de bobeira e abrir a porta para falar com ela. Ele responde dizendo que está bem, que não morrerá. Após vomitar, dar descarga e limpar o banheiro, ele abre a porta. Ela começa a interrogá-lo, perguntando se ele está bem.

– Estou bem, sim. Me desculpe por fazer isso no seu banheiro.

– Para com isso! Você poderia ter vomitado no meu sofá e até em cima de mim que eu não ficaria brava com você. Eu só quero saber se você está bem. Vem, senta aqui no sofá.

– Já estou melhor. Essas coisas são assim mesmo, o corpo faz a gente vomitar pra melhorar.

– Você tem certeza? Não quer ir ao médico?

– Eu estou bem, mas vou embora, porque já deu de fazer vergonha.

– Para de bobeira! Não tem nada do que se envergonhar. Isso acontece com qualquer um. E como é que você vai pilotar sua moto desse jeito?

– Eu já estou melhor e já pilotei em situações piores.

– Tá bom. Não vou insistir pra você não me achar uma chata, mas assim que você chegar em casa me liga, tá?
– Prometo que ligo.
– Vou com você até sua moto.

Ele sobe em sua moto, dá um beijo de despedida e agradece pela noite. E se desculpa novamente. Ela diz que está tudo bem e pede para ele ir devagar.

No meio do caminho da volta para casa, Eduardo começa a sentir tonteiras e reduz a velocidade da moto. Ele acaba desmaiando e caindo na estrada.

....

– Olha quem acordou! Consegue me ver e ouvir?
– Patrícia! O que você está fazendo aqui em casa? – pergunta ele, confuso.
– Não estou na sua casa, nem você. Nós estamos no hospital.
– Sério? O que houve?
– Você sofreu mais um acidente de moto e só você pode esclarecer o que houve.
– Droga! Estou há quanto tempo desmaiado?
– Quase uma hora. Então você lembra o que aconteceu?
– Eu estava com uma forte dor de cabeça, daí eu senti uma tontura, reduzi a moto para parar, mas pelo visto acabei desmaiando em cima da moto.
– É... Você teve mais sorte desta vez, pois olha seu corpo! Está sem nenhum machucado, sem um osso quebrado. Já fizemos um raio-X da sua cabeça pra ver se está tudo bem com ela.

– Mas eu estava com o capacete.

– Ela está bem, não teve nenhum trauma, mas mesmo assim vamos fazer uma análise melhor, já que você disse que o motivo da queda foi uma tonteira.

– Isso vai demorar?

– Já fizemos isso, o que demora agora é o resultado, pois não sou eu quem faz essa parte. Mas se você já estiver se sentindo bem, eu te dou alta.

– Estou sim. Obrigado mais uma vez por cuidar de mim.

– Fazer o quê? É o meu trabalho. Quer que eu te ligue amanhã pra avisar sobre o resultado do exame?

– Claro! Anota meu número.

Após anotar o número, Patrícia diz que o celular dele não parava de tocar e que o nome que aparecia na tela era "Anne Amor". Ele pergunta se ela ou alguém atendeu, mas ela responde que não. Ele agradece mais uma vez e sai com pressa para pegar suas coisas.

– Oi, Anne. Tudo bem? Desculpe não ter te ligado antes. É que, assim que cheguei em casa, peguei no sono, de tão cansado. Mas eu estou bem, não precisa ficar preocupada comigo...

••••

Na manhã seguinte, Eduardo se vira ao ouvir alguém chamar pelo seu nome na entrada do prédio quando chegava ao trabalho.

– Alice! Tudo bem?

– Na verdade, pra mim, sim, mas não pra você, enquanto estiver com a Anne! – declara ela, com um olhar sério e sem expressão.

– Como assim? Que papo é esse?

– Você precisa se separar dela o quanto antes!

Eduardo, ao ouvir tal ordem de Alice, não se segura de raiva e diz:

– E por que eu deveria fazer isso? Por acaso estou fazendo falta na sua lista? Escuta, Alice, eu já sei que você é irmã da Anne e sei de tudo que você...

– Você não sabe de nada, Eduardo – grita Alice, com os olhos cheios de lágrimas. – Tudo que você sabe é uma mentira...

Depois de conversar com Alice, Eduardo não conseguiu trabalhar e foi para casa pensar em tudo que ela havia dito para ele. Seu celular toca. Ele vê que é Patrícia e atende. Ela diz que precisa falar com ele pessoalmente, pois é muito importante. No hospital, ela confirma tudo o que ele não queria ouvir...

– Eduardo! Nossa! Que surpresa! Aconteceu alguma coisa? – pergunta Anne ao ver Eduardo em sua casa, sem avisar.

Com uma expressão séria, mas com os olhos se enchendo de lágrimas, ele começa a explicar:

– Eu... eu traí você.

– Me traiu? Como assim me traiu?

– Eu traí você. Eu não aguentei ficar sem sexo por tanto tempo... E nós não podemos mais nos casar.

Ela tenta ignorar tudo o que ele diz. Com os olhos cheios de lágrimas, ela o abraça forte e diz:

– Eu te amo e vamos ficar juntos!

Mas lágrimas rolam dos olhos de Eduardo, e então ele a empurra, dizendo:

– Eu nunca vou me perdoar pelo que fiz com você, você não merece um cara como eu...

– Para com isso! Vamos nos casar sim! – ela insiste, ignorando tudo o que ele estava falando. – Eu entendo que é difícil ficar tanto tempo sem sexo com tanta mulher bonita e gostosa dando mole, eu... Eu entendo tudo isso e perdoo você. Sei que não fez por mal...

Camilla assistia a tudo da porta sem falar uma palavra, pois estava desabando em choro, uma vez que já sabia que ele ia terminar com sua amiga, e também porque sabia o motivo, já que compactuou com isso. Eduardo, percebendo que ela estava disposta a perdoá-lo, em lágrimas grita:

– Eu transei com a sua irmã!

Duas horas antes

– Alice! Eu peguei o resultado... Você estava certa. Nos vemos daqui a pouco? – conversa Eduardo por telefone, aos prantos, marcando um encontro.

....

– Camilla! O que você está fazendo aqui? – pergunta ele.

– Eu contei pra ela, mas ela, assim como você, não quer acreditar em mim. Mas como você está com o resultado...

– Eduardo, diz pra mim que isso não é verdade!

– Não gostaria que fosse, mas é, Camilla. Eu estou com um tumor na cabeça.

Eduardo a abraça forte e começa a chorar fortemente, a ponto de soluçar nos ombros de Camilla. Ela não aguenta e desaba em lágrimas, levando também Alice ao choro.

Após alguns minutos de choro, ele dá o resultado para elas lerem. Elas dizem que sentem muito por isso e perguntam o que ele fará. Aos gaguejos, ele tenta responder:

– Eu não ligo de morrer, mas se ficarmos juntos... ela vai... Ela nunca será feliz quando souber a verdade, ela nunca será feliz... Ela não vai aguentar. Por isso eu vou concordar com a ideia de Alice...

– Mas ela vai sofrer muito, tem que ter outro jeito... – insiste Camilla.

– Ela não vai desistir fácil assim. Ela vai lutar por mim, Camilla, e dizer isso a ela vai me matar por dentro, não sei se serei feliz um dia.

– Compreendo, Camilla, o quanto será difícil pra você compactuar com essa mentira, mas, para a felicidade dos dois, isso é necessário – Alice tenta convencê-la.

– Tudo bem. Sei que foi muito mais difícil pra você e sua mãe. Me desculpe por te julgar até hoje, Alice... E agora você mais uma vez está disposta a se sacrificar por ela. E eu achando que *eu* era uma grande irmã pra ela.

– E é uma grande irmã, você tem cuidado dela todo esse tempo e cuidará dela mais uma vez... Saiba que minha mãe e eu somos muito gratas a você.

– Tudo bem... Não tem que agradecer, pois ela também cuida de mim.

Todos tentam sorrir, mas não conseguem.

••••

– Diz pra mim que isso não é verdade! Diz que vocês não fizeram isso comigo! Diz, Eduardo!

Ele fica mudo, pois, se abrisse a boca, acabaria contando a verdade. Ela se ajoelha no chão, em prantos. Camilla sai correndo para ajudá-la, abraça-a bem forte e grita para Eduardo ir embora, chamando-o de canalha. Ele fica um pouco congelado ao vê-la daquele jeito, então Camilla, chorando, grita novamente para ele ir logo embora.

Três meses depois

– Te desejo boa sorte na feira! – diz Camilla.

– Obrigada, amiga... E você vai toda arrumada assim aonde? Vai se encontrar com algum gatinho e não me contou? – brinca Anne.

– Quem me dera, você seria a primeira a saber.

– Estou brincando, eu sei que me contaria.

– Eu já te falei que vou à festa de uma amiga do trabalho e você se esqueceu. E você vai toda arrumada assim por causa da feira ou tem um motivo a mais para essa produção toda? – brinca Camilla. Anne está com o cabelo liso e um vestido longo azul-marinho.

– Ah, sua boba! É para a feira, mas eu confesso que ele tem me deixado cada vez mais balançada.

– Uh! Nossa, hein? Não é fácil resistir mesmo àqueles olhos azuis.

– Para com isso, tá? Eu não estou a fim dele por causa dos olhos, e sim porque ele é gentil, cavalheiro e romântico.

– Nossa, quantas qualidades! Esse homem existe mesmo?

– Mas ele não é assim apenas comigo... Já até pensei que ele fosse gay pelo fato de estar solteiro há tanto tempo, mas ele me contou que já foi noivo também.
– Vai ver ele está solteiro na esperança de ter uma chance com você.
– Será? Faria muito sentido, pois ele está sempre me convidando pra sair. Mas depois de tudo que aconteceu, eu nem tive cabeça para abrir espaço pra ele.
– Então acho que essa é a hora.
– É... Quem sabe?

....

Todos os amigos foram prestigiar Eduardo no lançamento de sua revista em quadrinhos na Biblioteca Nacional. Eduardo está dando autógrafos quando escuta "parabéns" de duas vozes conhecidas.
– Camilla, Alice, que surpresa! Não esperava que vocês viessem.
– E porque não viríamos? Como poderíamos deixar de prestigiar você em um dia tão importante?
Léo estava presente e, ao ver Alice, despede-se de Eduardo e se retira sem graça. Ele não estava mais se relacionando com ela porque, ao ficar internado por alguns dias após sofrer um acidente de carro, sua esposa cuidou dele como nunca antes. Então, ele resolveu não mais traí-la. Eduardo não aguenta e rapidamente pergunta como Anne está. Elas respondem que ela está bem, mas Alice rapidamente muda de assunto, pois soube por intermédio de Camilla que Anne estava a fim de um engenheiro.

– Eduardo, esta é minha mãe. Mãe, este é o famoso Eduardo.
– Nossa! Agora eu sei por que Anne e Alice são tão lindas!
– Agora sei por que minha filha se apaixonou por você.
Todos começam a rir. Ela segura nas mãos dele e diz:
– Obrigada pelo que fez por nós e por si mesmo, seremos eternamente gratas a você.
– Isso não se compara com o que vocês fizeram por ela.

Eu também sei o que você pensa!

– Nossa... Sem dúvida você é a mulher mais linda do evento!
– Obrigada. Você também está lindo! – responde ela, pegando em sua mão para cumprimentá-lo, mas ele solta rapidamente ao levar um baita choque.

Anne fica surpresa por ouvir seus pensamentos e fica sem reação, não acreditando no que está acontecendo. Ele pergunta o que havia sido aquilo. Ela começa a pedir desculpas e responde que às vezes isso acontece ao apertar a mão de alguns homens.

– Sério mesmo? – pergunta ele, incrédulo.
– Sim, mas vamos nos sentar antes, para não perdermos nosso lugar, e eu te explico melhor – propõe ela, toda derretida por ele, com olhar de apaixonada.

Ele dá o braço como um cavalheiro para ela encaixar o dela. Ele anda todo orgulhoso em direção à mesa e comenta:

– Eu acabaria com esta festa se você ficasse sem lugar. Imagine a mulher mais linda do evento sem lugar para sentar.

Anne fica corada e sorridente com o comentário. Ela não consegue esconder sua alegria em saber que pode ouvir os pensamentos de William, pois, ao apertar sua mão, ela o escuta dizer que se casaria com ela sem pensar duas vezes.

Ao se sentarem, Anne diz:
– Posso segurar sua mão novamente?
– Claro!
Ela o alerta:
– Mas você vai levar choque novamente.
– Eu levaria choque o evento inteiro só para ter o prazer de segurar sua mão! – declara ele, olhando nos olhos dela.

Ai! Ele é mesmo a fim de mim! Não acredito nisso, como eu nunca apertei a mão dele antes? É verdade, ele sempre segurou em meu ombro para beijar meu rosto, talvez por ser alto, reflete ela.

Ela se aproxima dele para beijá-lo e segura em sua mão de forma suave. Ele também se aproxima, ignorando o choque, e a beija.

Nem acredito que ela está me dando mole assim. Eu já estava desistindo de tentar sair com ela. Nenhuma mulher me resiste durante tanto tempo. Já comi a maioria das mulheres do escritório com quem quis sair, mas você é sem dúvida o pote de ouro, pensa William.

Anne rapidamente dá um tapa no rosto de Willian ao ouvir seus pensamentos.
– O que foi isso, tá maluca?
– O que foi isso? Eu posso ouvir seus pensamentos quando seguro sua mão, seu cafajeste! – grita Anne, retirando-se do evento e deixando William sem graça na frente de todos.

· · · ·

– Anne, espere! Anne, espere! O que houve? – grita Léo, correndo atrás dela.
– Me deixe em paz! – responde ela, chorando.
Ele insiste e a segura pelo braço.
– O que houve? Por que você está chorando?
– Não é da sua conta. Me solta! Eu nem conheço você!
– Não sei se você se lembra de mim. Eu sou o Léo, amigo do Eduardo.
– E o que você quer? – diz ela de forma ríspida, enxugando as lágrimas que corriam pelo seu rosto.
– Eu estou fazendo uma reportagem do evento para a revista em que trabalho e te reconheci...
– Eu não estou muito bem pra bater papo agora... Ainda mais com amigos daquele...
– Reparei. Você está chorando por causa dele?
– Claro que não, e não é da sua conta...
– Eu acho que é sim – afirma Léo.
– Eu não tenho que dar satisfação pra você...
– O Eduardo mentiu pra você.
– É claro que ele mentiu pra mim... – afirma ela, andando.
– Mentiu quando disse que transou com sua irmã... Ele nunca transou com ela! – grita Léo.
Ela para, se vira e diz:
– E por que eu acreditaria em você? Por que ele faria isso comigo?
– Isso eu não posso te contar.
Ela dá as costas para ele novamente e afirma:
– É claro que não! É mentira!
– A Camilla sabe o motivo.
Ao ouvir isso, ela para novamente. Ele continua:

— Os três mentiram pra você. Foi um plano deles e esse foi o único jeito de fazer você ficar com raiva o suficiente do Eduardo para nunca mais querer vê-lo.

Irritada, ela se vira e diz para ele parar de contar mentiras, e que Camilla jamais faria isso com ela. Ele insiste:

— Eu é que saía com a sua irmã. Anne, por favor, acredite em mim! Eduardo teve um motivo muito sério pra se afastar, ele fez isso por amor a você.

— Por amor a mim? Para de brincar comigo! — implora chorando e colocando as mãos na cabeça, abaixando-se.

Ele se ajoelha e começa a chorar e implorar.

— Anne, por favor, acredite em mim. Eu não posso contar o motivo, mas eles podem. Ninguém mais aguenta continuar com essa mentira... Neste exato momento ele está na Biblioteca Nacional no lançamento de sua revista. Elas foram juntas prestigiá-lo... Até sua mãe foi... Isso não é mentira! Vá até lá. Não levará nem dez minutos e você verá com seus próprios olhos.

— Viu como você está mentindo? A Camilla foi para uma festa de uma amiga do trabalho! Agora me responda: como você sabe disso se você também está aqui?

— Simples. Eu estava lá e tive que vir para ajudar a cobrir o evento. A Camilla mentiu pra você mais uma vez, pois ela está lá com sua mãe e sua irmã.

Ao ouvir tudo isso, de forma incrédula, ela resolve pagar para ver. Então, levanta-se e parte para a Biblioteca Nacional.

E tudo tem um fim!

— Então o Léo tinha mesmo razão... Todos vocês estão aqui reunidos, até você está aqui, mãe...
— Anne, minha filha!
— Não é com você que eu vim falar, mãe. E sim com eles três.
— Anne, eu posso... – Eduardo tenta explicar, mas é cortado por Alice, que diz:
— Não tem nada que explicar a ela, Eduardo. Ninguém a chamou aqui.
— Cala sua boca, Alice! Eu ainda não dirigi a palavra a vadia nenhuma!
— Anne, calma... – diz Camilla, segurando Anne ao ver que ela estava indo para cima de Alice.
— Tire suas mãos de cima de mim, Camilla, sua falsa! Como você pôde fazer isso comigo?
— Anne, eu posso explicar...
— Eu estou esperando... Andem! Me contem o segredo que vocês vinham escondendo de mim... O verdadeiro motivo de armarem esse complô contra mim?
— Você quer mesmo saber, Anne?
— Alice, cala a boca! – ordena a mãe de Alice.
— Isso mesmo, sua vadia, cala sua boca – ordena Anne também a Alice.

Alice então dá um tapa no rosto de Anne. Anne parte para cima de Alice, mas é segurada por Eduardo, que pede para ela parar. Todos os visitantes começam a olhar o clima tenso que se instalou no local.

– Tire suas mãos de mim, Eduardo!

– Só se você ficar calma e parar de ofender sua irmã...

– Parar de ofendê-la? Você está defendendo essa vadia? Então você teve mesmo um caso com ela!

– Não, Anne. Não é isso. Eu... eu posso explicar...

– Eduardo, não fala nada! – exclama Camilla, desesperada.

– Me diz você então, Camilla, já que também está acobertando os dois. Me diz, Camilla, por que ele teve que se afastar de mim? Foi mesmo por um motivo importante como Léo disse ou ele me traiu mesmo com essa...

– Já chega! – diz Alice, partindo para cima de Eduardo, tirando-lhe o boné que estava em sua cabeça, deixando exposta uma faixa de curativo que envolvia sua cabeça. – Ele se afastou de você porque você estava matando ele, sua assassina! – grita Alice para Anne.

– Alice, cala sua boca! – grita Camilla e sua mãe.

A mãe de Anne acaba dando um tapa no rosto de Alice, deixando o clima ainda pior do que estava. As pessoas, que já gostavam de um barraco, não se retiraram.

Alice, começando a chorar, insistiu, falando:

– Eu já me calei por tempo demais, não acham?! Está na hora de essa garota mimada e arrogante saber a verdade. Já chega de ficarem tratando ela como uma pobre coitada.

– Eduardo, do que ela está falando? Como assim eu estava matando você? Ela pirou de vez?

Todos começam a chorar. Alice continua:

– Você achou o quê? Que ficar dando choque nele para ouvir seus pensamentos não levaria a nenhuma consequência? Você fez um tumor se desenvolver na cabeça dele, Anne...

– O quê? Que piada de mau gosto é essa, Alice?

– Isso mesmo. Fala pra ela, Eduardo! – Mas Eduardo fica em silêncio, apenas chorando. Alice continua: – Essa faixa na cabeça dele é o resultado de uma operação que ele fez recentemente para retirá-lo, por isso que inventamos essa mentira. Para te proteger mais uma vez por amor a você...

– Por amor a mim? – exclama ela, indignada.

– Nós não queríamos te ver sofrer... – Camilla tenta explicar.

– Eu sofri muito mais por saber que minha irmã transou com meu noivo que eu amava, e estou sofrendo muito mais agora por saber que ele, minha irmã, minha mãe e minha melhor amiga, que considero minha irmã, mentiram pra mim, e ainda têm a coragem de dizer que foi por amor a mim! – grita ela, vermelha e cheia de lágrimas escorrendo pelo rosto.

– A ideia foi minha! Foi minha, Anne, acredite! Eu fiz isso por amor a você – diz Eduardo, olhando nos olhos dela e segurando em seus braços.

– Me respondam: como vocês têm tanta certeza de que fui eu que causei esse tumor nele? – pergunta ela, não acreditando que tal coisa era possível ser causada apenas pelo fato de ela dar um leve choque nele.

Alice não se segura e revela em choro o que vinha sendo evitado por ela e sua mãe há anos. Ela grita como quem sempre esteve prendendo algo que já não aguentava mais segurar:

– Porque você matou o papai com esses seus malditos choques!

– O quê? Mãe, o que ela está dizendo? – pergunta Anne, olhando para sua mãe, que se abaixou aos prantos, bloqueando os ouvidos com as mãos para não ouvir aquilo.

Anne, ao ver que sua mãe não tinha nem condições de responder, entende que se tratava de uma verdade e leva suas mãos à cabeça. Camilla corre para abraçar Anne ao ver que ela estava compreendendo o grau do problema.

Alice continua:

– Quando descobrimos o motivo do surgimento do tumor, ele não permitiu que contássemos que foi você a causadora. Foi ficando cada vez mais difícil ver você ao lado dele, matando-o... Mesmo sabendo que, a cada momento em que ele segurava sua mão, ele morreria mais rápido, ele... Ele preferia morrer do que ficar sem segurar sua mão! O tratamento do papai foi ficando cada vez mais caro e já estávamos ficando sem recursos... Então, para não vender nossos bens, eu...

Anne começa a perder suas forças para ficar em pé e grita aos prantos:

– Não! Pare de falar!

– ... resolvi vender meu corpo para ajudar a pagar o tratamento.

– Não! Não! Não! – exclama Anne, com as mãos nos ouvidos para não ouvir tudo aquilo.

– Ele acabou descobrindo que eu fazia programa. Isso o fez piorar. Mas ele me agradeceu por ajudá-lo. Ele sabia que eu só fazia aquilo por amor a ele... Eu consegui de fato muito dinheiro pra bancar o tratamento, mas não adiantou; ele morreu mesmo assim! – grita ela.

Não havia outro som no local a não ser a voz de Alice misturada aos choros de Anne e de sua mãe, pois os outros apenas deixavam as lágrimas correrem por seus rostos.

Alice continua:

– Não estávamos mais conseguindo separar o amor e o ódio que sentíamos por você. Ele nos fez prometer que continuaríamos te amando e cuidando, e que em hipótese alguma contaríamos isso para você. Nós não conseguimos cumprir a primeira promessa, mas vínhamos cumprindo bem a segunda. E, por ironia do destino, cheguei até o Eduardo e soube que você também dava choques nele. Ele também não queria se afastar de você quando soube que você era causadora das dores de cabeça que ele vinha sentindo... E estamos aqui hoje quebrando a segunda promessa.

Anne olha para sua mão e começa a gritar:

– O que eu fiz? O que eu fiz? Eu sou uma assassina! Eu sou uma assassina!

– Pare de falar isso, Anne! – Eduardo tenta contê-la.

– Saia de perto de mim ou matarei você também! – responde ela, fora de si.

Eduardo, ao notar que ela estava enlouquecendo após ouvir tudo aquilo, tenta trazê-la de volta a si. Ele segura forte em sua mão direita para que ela pudesse ouvir seus pensamentos. Ela tenta se soltar, mas ele faz mais força. Ela grita para ele soltá-la ou ele morrerá, ele ignora.

Eu te amo, Anne! Eu te amo e quero ficar com você assim mesmo, diz ele em pensamento.

– Se ficarmos juntos, eu vou matar você!

– Daremos um jeito juntos. Você pode usar luvas como a Vampira dos X-Men, lembra?
Ela então dá um beijo forte nele, solta sua mão e diz:
– Obrigada por me amar assim mesmo. Saiba que eu te amo muito, Eduardo, mas não!
– Anne! Anne! – insiste ele, chorando.
Então ela pede perdão a ele, olha para sua mãe e para Alice e grita com toda sua força:
– Me perdoem!
Ela sai correndo. Eduardo tenta ir atrás dela, mas é segurado por Camilla, que diz que ela precisa ficar sozinha para pensar. Ele discorda, dizendo que a última coisa que ela precisa no momento é ficar sozinha, pois está fora de si. Ele corre atrás dela, mas quando consegue avistá-la, ela já está entrando em seu carro. Ele grita pelo seu nome. Ela o vê e diz para ele ficar longe dela. Ela liga o carro e sai cantando pneus a toda velocidade. Ele corre atrás do carro ao ver que ela teria que parar no sinal que estava fechado logo à frente, pois havia um cruzamento. No entanto, Anne continua acelerando e não nota o sinal fechado. Ao avançar o sinal, uma carreta bate em seu carro com toda força, fazendo o carro capotar várias vezes pela pista, levando Eduardo ao desespero.

Dia seguinte, às sete da manhã
Hospital Copacabana, Zona Sul

Eduardo, Camilla, Alice e sua mãe aguardam notícias. Depois de passarem toda a madrugada em claro, finalmente o médico traz novidades.

– Eu sinto muito... Nós fizemos de tudo para salvá-la, mas não conseguimos... Eu sinto muito. – Ao ouvirem a declaração do médico, todos começam a chorar amargamente. – Tem alguma coisa que eu possa fazer por vocês antes de ir? – pergunta o médico.
– Quando poderemos vê-la? – pergunta Eduardo.
– Agora mesmo. É melhor ter alguém lá dentro quando ela acordar – responde o médico.
Eduardo é o primeiro a vê-la. Ele a chama suavemente para não a assustar, devido à operação pela qual passou. Ela ainda estava sob efeito da anestesia e quase não conseguia mexer seu corpo. Ela começa a abrir os olhos lentamente e diz:
– Oi!
– Oi! – responde ele, sorrindo.
– Isso é um sonho? – pergunta ela.
– Não... Não é um sonho! – responde ele.
– Então é muito melhor, pois quando a gente acorda tudo vai embora.
– Sim. É verdade – concorda ele, sorrindo com os olhos cheios de lágrimas.
– E se não é um sonho, então significa que você não irá embora. Que está disposto a ficar comigo mesmo depois de tudo que fiz a você... Mesmo sabendo que posso fazer com você o que fiz com meu pai – desabafa ela, com lágrimas escorrendo pelo rosto.
– Ei! Eu não irei embora, para de pensar assim. Nós daremos um jeito – afirma ele, dando um beijo na testa dela.
– Anne, eu preciso te contar uma coisa...

– Eu me lembro de toda a discussão, Eduardo, não precisa me explicar nada. Só não sei por que estou em um hospital, mas aposto que sou culpada – lamenta, virando o rosto.

– Depois da discussão, você entrou no carro fora de si... avançou o sinal... e uma carreta bateu em você, fazendo seu carro capotar – conta ele, chorando.

– Nossa! E eu ainda estou viva?

– Sim, meu amor, graças a Deus você está viva! – Eduardo respira fundo e, meio sem ar, desabafa chorando: – Anne, tem mais uma coisa que eu preciso te contar... Você perdeu sua mão direita no acidente!

Após ele dizer isso, ela repara que não tinha mais nada do cotovelo para baixo e desaba em lágrimas.

– Eu sinto muito, meu amor! – diz ele, abraçando-a fortemente.

– Eduardo, não se esqueça de que eu sofri um acidente, todo o meu corpo está doendo – exclama ela, sorrindo.

– Me desculpe, me desculpe, eu esqueci. Eu te machuquei? Espera, por que você está sorrindo?

– Estou sorrindo de felicidade, Eduardo.

– Como assim de felicidade? Tá maluca? – declara ele, não entendendo.

– Eduardo, às vezes, para termos uma coisa, é necessário perder outra.

– Como assim?

– Você está triste porque eu perdi minha mão e por isso acha que eu não conseguirei desenhar, logo, acha que não poderei mais trabalhar com o que eu gosto, mas Deus me deixou com a minha mão esquerda, e poderei continuar fazendo o que eu gosto. E o principal: poderemos finalmente ficar juntos e nos casar, pois não farei mais mal a você. Eduardo, eu só te dava choque com a mão direita para ouvir seus pensamentos, e isso não vai mais acontecer. Por isso que eu estou feliz, entendeu?

Após ouvir as declarações de Anne, Eduardo desaba mais ainda em lágrimas, não acreditando no amor que ela sentia por ele. Alice e sua mãe também entram no quarto e todas começam a pedir perdão umas às outras por tudo. Eduardo se retira para deixá-las a sós e anda pelo corredor chorando de alegria, agradecendo a Deus por tudo ter terminado bem, podendo finalmente se casar com Anne...

FONTE: Century Old Style
IMPRESSÃO: Paym

#Talentos da Literatura Brasileira
nas redes sociais

novo século®
www.novoseculo.com.br